너의 겨울,
　　우리의 여름

너의 겨울, 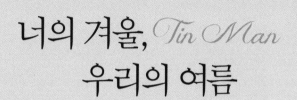우리의 여름

SARAH WINMAN

세라 윈먼 장편소설

민은영 옮김

문학동네

일러두기

1. 주석은 모두 옮긴이주이다.
2. 본문 중 고딕체는 원서에서 이탤릭체나 대문자로 강조한 부분이다.

로버트 캐스키에게

그리고

패치에게

"남쪽 지방에 오니 벌써 좋은 영향을 받은 느낌이 든다. 북쪽을 더 잘 보기 위해서도 좋은 일인 것 같아."

빈센트 반 고흐가 동생 테오에게 보내는 편지에서
1890년 5월

1950년

크리스마스를 3주 앞둔 그 밤에 관해 도라 저드가 누구에게든 한 얘기라고는 경품 추첨에서 그림을 얻었다는 것이 전부였다.

그날 저녁을 생각하면 그녀는 어둑해시는 하늘에 번져나가던 카울리 자동차 공장의 불빛과, 뒷마당에서 하루의 마지막 담배를 피우며 인생이 이게 다는 아닐 거라고 생각했던 일이 떠올랐다.

다시 안으로 들어가자 남편이, 젠장 어서 좀 서두르지 못하겠어, 하고 말했고 그녀는, 천천히 해요 렌, 하고 말한 뒤 위층으로 올라가면서 실내용 원피스를 벗기 시작했다. 침실에서는 옆모습을 거울에 비추며 손으로 임신의 진행 상태를 느껴보았다. 이 새 생명이 아들임을 그녀는 알고 있었다.

도라는 화장대 앞에 앉아 양손으로 턱을 괴었다. 눈이 피곤해 보이고 피부가 푸석하다고 생각했다. 입술에 빨간 립스틱을 바르자 곧바로 얼굴에 생기가 돌았다. 기분은 그다지 바뀌지 않았지만.

주민회관 문으로 걸어들어간 순간, 도라는 거기 온 것이 실수였음을 깨달았다. 실내는 담배 연기로 자욱했고 흥에 겨운 술꾼들이 술 판매대로 가려고 사람들을 밀쳐댔다. 그녀는 남편을 따라 군중을 헤치고 들어가며 간간이 끼쳐오는 향수, 헤어 오일, 사람들의 몸, 맥주 등의 냄새를 맡았다.

도라는 남편과 함께 사람들과 어울리는 일이 이제는 내키지 않았다. 그는 친구들과 함께 있으면, 예쁜 여자가 지나갈 때마다 굳이 눈길을 주면서 도라가 자신을 보고 있는지 확인하곤 했다. 그녀는 미지근한 오렌지주스를 들고 옆으로 비켜서 있었는데, 주스를 마시니 속이 울렁거리기 시작했다. 감사하게도 미시즈 포워스가 경품 책자를 움켜쥐고 그녀에게 곧장 다가왔다.

일등상은 스카치위스키 한 병, 미시즈 포워스가 그렇게 전하며 상품들이 놓인 테이블로 도라를 데리고 갔다. 그다음으로는 라디오가 있고요, 오드리스 미용실의 커트와 세팅 상품권, 퀄리티 스트리트 초콜릿 한 상자, 휴대용 백랍 술병, 그리고 마지막으로―그러면서 부인은 허리를 살짝 숙이고 비밀을 말해주었다―중간 크기의 유화 한 점이 있는데 별 가치가 없어요. 유럽 미술품을 훌륭하게 복제한 것이긴 해도요, 부인이 한쪽 눈을 찡긋하며 덧붙였다.

도라는 수학여행으로 런던에 갔을 때 내셔널갤러리의 핌리코 별관*에서 그 그림의 원화를 본 일이 있었다. 열다섯 살이었고, 그

나이다운 모순으로 가득차 있던 시절이었다. 하지만 전시실로 들어갔을 때 그녀는 심장을 둘러막고 있던 덧창이 활짝 열리면서 자신이 원하는 삶은 이것임을 곧바로 깨달았다. 자유. 가능성. 아름다움.

　기억대로라면 그 전시실 안에 다른 그림들―반 고흐의 〈의자〉와 쇠라의 〈아니에르에서의 물놀이〉―도 있었지만, 유독 이 그림의 마법에 빠져든 것 같았다. 그때 무엇이 그녀를 사로잡아 그 벗어날 수 없는 액자 속 공간으로 끌어들였든, 그 힘이 지금도 그녀에게 간청하고 있었다.

　미시즈 저드? 미시즈 포위스가 말했다.

　미시즈 저드? 다시 한번 그녀가 말했다. 그럼 이제 제비를 하나 뽑을래요?

　네?

　경품 제비요.

　아, 네. 그래야죠.

　전등이 깜빡깜빡하더니 한 남자가 숟가락으로 유리잔을 톡톡 두드렸다. 실내가 조용해지자 미시즈 포위스가 과장된 몸짓으로 판지 상자 안에 손을 넣어 일등 당첨 제비를 꺼냈다. 17번, 그녀가

---

* 1955년에 내셔널갤러리에서 독립한 현재의 테이트브리튼미술관.

위엄 있게 말했다.

속이 울렁거려서 정신이 없던 도라는 미시즈 포위스의 말을 듣지 못했고, 옆자리 여자가 쿡 찌르며, 당신 번호잖아요! 하고 말하고 나서야 자신이 당첨되었음을 알았다. 그녀가 제비를 들어 보이며, 제가 17번이에요! 하고 말했다. 그러자 미시즈 포위스는, 미시즈 저드네요! 미시즈 저드가 일등에 당첨되었어요! 하고 외치고는 도라를 테이블로 안내해 상품을 고르게 했다.

레너드가 아내에게 위스키를 고르라고 소리쳤다.

미시즈 저드? 미시즈 포위스가 조용히 불렀다.

하지만 도라는 아무 말도 하지 않았다, 테이블만 빤히 바라보았다.

위스키를 골라, 레너드가 다시 소리쳤다. 위스키!

그러자 남자들이 서서히 한목소리로 연호했다, 위스키! 위스키! 위스키!

미시즈 저드? 미시즈 포위스가 말했다. 위스키예요?

그러자 도라가 뒤로 돌아 남편을 마주보며 말했다. 아뇨, 전 위스키 싫어요. 그거 말고 그림을 고를게요.

그것은 그녀가 한 최초의 반항이었다. 한쪽 귀를 잘라내는 것과 같은. 그리고 도라는 그 반항을 공개적으로 해냈다.

그녀와 렌은 곧바로 그곳을 빠져나왔다. 집으로 가는 버스에서 도라는 앞에, 남편은 뒤에 각기 따로 앉았다. 버스에서 내린 후 그는 쿵쾅거리며 앞질러갔고 그녀는 귀한 행운의 밤이 불러온 평온함에 잠긴 채 뒤처졌다.

집에 도착했을 때 현관문은 살짝 열려 있었고 집안은 어두웠으며 위층에서는 아무 소리도 들리지 않았다. 그녀는 조용히 뒷방으로 들어가 불을 켰다. 한 사람의 월급, 즉 남편의 월급만으로 꾸민 칙칙한 방이었다. 벽난로 옆에 안락의자가 두 개 놓여 있고, 수년간 대화를 거의 목격하지 못한 커다란 식탁이 부엌으로 가는 길목을 막고 있었다. 갈색 벽은 거울 하나를 빼면 텅 비어 있었다. 도라는 그림을 남편의 시선이 닿지 않는 찬장 옆 그늘진 곳에 걸어야 한다는 것을 알았지만 도저히 그럴 수가 없었다, 그날 밤만큼은. 그리고 그때 바로 그림을 걸지 않으면 앞으로는 절대로 못한다는 사실도 알았다. 그녀는 부엌으로 가서 남편의 공구함을 열었다. 망치와 못을 하나씩 들고 벽으로 되돌아왔다. 망치로 몇 번 살살 치자 못이 회벽에 쉽사리 부드럽게 박혔다.

그녀는 뒤로 물러섰다. 그림은 새로 짜 넣은 창문처럼 눈에 띄었지만, 그것은 색채와 상상의 삶을 내다볼 수 있는 창문이었다. 공장의 잿빛 새벽 풍경에서 멀리 떨어져 있고, 먼지를 감출 목적으로 고른 갈색 커튼, 갈색 카펫과도 현저한 대조를 이루는 창문.

태양이 매일 아침 그 벽에서 솟아올라 침묵에 잠긴 부부의 식사 시간을 시시각각 변하는 빛의 감정으로 내리비추는 느낌일 것 같았다.

문이 경첩이 떨어질 듯 벌컥 열렸다. 레너드 저드가 그림 쪽으로 돌진하자 도라는 평생 그 어느 때보다 날쌘 동작으로 그림 앞을 막아서며 망치를 쳐들고 말했다. 하기만 해봐, 당신을 죽일 거니까. 지금 못하면 당신이 잠들어 있을 때라도. 이 그림은 나야. 함부로 만지지 말고 존중해. 난 오늘밤부터 빈방에서 잘 거야. 망치는 내일 하나 더 사.

그 모든 것이 해바라기 그림 하나 때문에.

엘리스

1996년

앞쪽 침실, 책더미 사이에 세워놓은 컬러사진 속에는 세 사람이 있다. 여자 하나와 남자 둘. 틀을 꽉 채운 사진 속 인물들은 서로에게 팔을 두른 모습이고, 등뒤의 세상은 초점이 흐릿하며 양옆은 잘려나갔다. 그들은 행복해 보인다, 정말로 그렇다. 단지 웃고 있어서가 아니라 그들의 눈에 비치는 어떤 것, 편안함, 즐거움, 세 사람이 공유하는 무엇 때문이다. 봄이나 여름에 찍은 사진이라는 사실은 그들이 입은 옷(티셔츠, 연한 색깔 같은 것들)을 보면, 그리고 당연히 빛을 보면 알 수 있다.

사진 속 두 남자 중 가운데에 있는, 머리가 덥수룩하고 눈빛이 상냥한 남자가 그 방에 잠들어 있다. 그의 이름은 엘리스다. 엘리스 저드. 사진은 책들 사이에 있어서 위치를 아는 사람의 눈에나 겨우 띌 뿐이다. 엘리스는 이제 더는 책을 읽을 마음이 없으므로 사진 쪽으로 다가가려는 충동도, 그것을 집어들고 그날, 그 사진을 찍은 봄날 혹은 여름날을 회상하려는 충동도 거의 느끼지 않는다.

알람 시계가 언제나처럼 오후 다섯시에 울렸다. 엘리스는 눈을 뜨고 본능적으로 옆자리 베개 쪽을 돌아보았다. 창밖에는 어스름이 내려앉았다. 아직도 2월, 가장 짧은 달이지만 좀처럼 끝이 보이지 않는 것 같았다. 그는 일어나 알람을 껐다. 그런 다음 계단참을 지나 건너편 욕실로 들어간 후 변기 앞에 섰다. 벽에 한 손을 짚고 방광을 비우기 시작했다. 이제 그는 벽에 기댈 필요가 없었지만, 언젠가 지지할 곳이 필요했던 사람의 무의식적 행동이었다. 샤워기를 틀고 물에서 김이 날 때까지 기다렸다.

씻고 옷을 입은 그는 아래층으로 내려가 시간을 확인했다. 작년 10월에 깜빡 잊고 시침을 되돌리지 않은 까닭에 시계는 한 시간이 빨랐다.* 하지만 한 달 후에 시간은 다시 앞으로 조정될 테고, 그러면 문제가 저절로 해결되리라는 것을 알았다. 항상 그러듯이 전화가 울리자 그는 수화기를 들고 말했다. 캐럴. 네, 괜찮아요. 알겠어요. 아주머니도요.

그는 레인지를 켜고 달걀 두 개를 삶았다. 달걀은 그가 좋아하

---

* 영국에서는 3월부터 10월까지 시계를 한 시간 빠르게 맞추는 일광절약시간제, 즉 서머타임 제도를 실시한다.

는 음식이었다. 그의 아버지도 그랬다. 달걀에서는 그들 부자가 합의와 화해에 이를 수 있었다.

차디찬 밤공기 속으로 자전거를 끌고 나간 그는 디비니티 로드를 따라 달렸다. 카울리 로드에서 동쪽 방향 차량 행렬에 틈이 생기기를 기다렸다. 수천 번 다닌 길이라 아무런 생각을 하지 않고도 그 검은 물결과 하나되어 달릴 수 있었다. 길게 뻗어나가는 자동차 공장 불빛 쪽으로 방향을 틀어 도장塗裝 공장으로 갔다. 마흔다섯 살, 그는 그 세월이 다 어디로 흘러갔나 매일 밤 의아해했다.

조립 라인을 가로질러 걸어가는데 페인트 희석제 냄새가 목에 걸렸다. 그는 예전에 함께 어울렸던 사내들에게 고갯짓으로 인사했고, 판금 정비소에 가서 사물함을 열고 공구 주머니를 꺼냈다. 가비의 공구. 하나하나 손으로 만든 그 공구들은 찌그러진 판금 뒷면을 두드려 펼 수 있게 설계되었다. 사람들은 엘리스의 솜씨가 너무 좋아서 갈라진 턱끝도 매끈하게, 심지어 얼굴은 무슨 일이 일어났는지 알아차리지도 못하게 펼 수 있을 거라고 했다. 그 모든 것을 가비가 가르쳐주었다. 처음 함께 일한 날, 가비는 줄칼을 집어 폐기용 차문 패널을 때리면서 그에게 찌그러진 곳을 펴라고 말했다.

손을 쫙 펴, 가비가 말했다. 이렇게. 흠집을 느끼는 법을 배워. 눈이 아니라 손으로 보는 거야. 그 위로 부드럽게 움직여. 느끼고. 쓰다듬고. 이제 부드럽게. 요철을 찾아. 그러고서 물러선 그는 입꼬리를 늘어뜨린 채 비판적인 눈빛으로 바라보았다.

엘리스는 돌리*를 집어 흠집 뒤에 대고 작업용 스푼으로 그 위를 두드리기 시작했다. 타고난 솜씨였다.

소리를 들어봐! 가비는 외쳤다. 소리에 익숙해지라고. 자리를 제대로 찾았는지는 울림으로 알 수 있어. 작업을 마쳤을 때 패널이 막 찍어낸 것처럼 매끈해져서 엘리스는 흡족해하며 일어났다. 가비가 말했다, 흠집이 펴졌다고 생각하지, 그렇지? 엘리스가 말했다, 물론이죠. 그러자 가비가 눈을 감고 손으로 이음매를 따라 어루만지다가 말했다, 안 펴졌어.

당시에 그들은 음악을 자주 들었지만, 그것은 엘리스가 금속이 내는 소리를 알아듣게 된 뒤에야 생긴 변화였다. 가비는 아바를 좋아했다. 이름이 앙네타 뭐라는 금발의 멤버를 가장 좋아했는데, 엘리스 외에 다른 사람에게는 그런 얘기를 절대로 하지 않았다. 하지만 시간이 흐르면서 엘리스는 너무도 외롭고 동반자를 간절히 바라는 남자에게는 흠집을 펴는 과정이 마치 여자의 몸을 쓰다듬는 손길이나 마찬가지라는 사실을 깨달았다.

나중에 구내식당에 가면, 사람들은 가비의 뒤에 서서 입술을 쭉 내밀면서 있지도 않은 가슴과 허리선을 따라 자기 몸을 쓰다듬는 흉내를 냈다. 그리고 속삭였다. 눈을 감아, 엘리스. 느껴져, 그 자

---

* 두툼한 쇠붙이로 된 판금 공구의 일종으로, 철판 한쪽에 대고 반대쪽을 망치로 두드려 철판을 펴는 용도로 쓴다.

그마한 요철이? 느껴져, 엘리스? 그래?

그를 내장재trim* 공장에 보내 '늘씬한 여자trim woman'를 불러오라고 시킨 것도 가비, 그 어이없는 인간이었지만, 강조하건대, 당한 것은 그때 한 번뿐이었다. 그리고 은퇴할 때 가비는 말했다. 내게서 딱 두 가지만 얻어가라, 엘리스. 첫째, 열심히 일해. 그러면 이곳에서 오래 살아남을 수 있어. 그리고 둘째, 내 공구.

엘리스는 공구를 받았다.

가비는 은퇴하고 일 년 후에 죽었다. 이곳은 그에게 산소와도 같았다. 사람들은 그가 아무것도 하지 않아서 질식했다고 여겼다.

엘리스? 빌리가 그를 불렀다.

왜?

오늘밤이 적당하겠다고 말했어요, 하면서 그가 사물함 문을 닫았다.

엘리스는 거친 줄칼을 꺼내 허드레 패널 위를 내리쳤다.

자, 받아라, 빌리, 그가 말했다. 어서 해봐.

새벽 한시였다. 분주한 구내식당에서 감자튀김과 셰퍼드 파이와 너무 익힌 채소 냄새가 풍겼다. 주방의 라디오 소리가 밖으로 흘러

---

* 자동차 내부를 마무리하고 장식하는 데 쓰이는 재료.

나왔고 음식을 나눠주는 여자들이 오아시스의 〈Wonderwall〉을 따라 불렀다. 배식 줄 다음 순서가 엘리스였다. 조명이 너무 강해서 그가 눈을 비비자 재니스가 걱정스러운 얼굴로 바라보았다. 하지만 그는 말했다, 파이와 감자튀김 주세요, 재니스.

그녀가 말했다, 파이와 감자튀김이란 말이죠. 자, 나갑니다, 내 사랑. 신사용 분량으로요.

고마워요.

잘 가요, 내 사랑.

그는 멀찍이 구석에 있는 테이블로 걸어가 의자를 빼냈다.

앉아도 돼, 글린? 그가 물었다.

글린이 고개를 들었다. 앉아, 그가 말했다. 별일 없지, 친구?

괜찮아, 엘리스가 대답하고 담배를 말기 시작했다. 그 책은 뭐야? 그가 물었다.

해럴드 로빈스.* 표지를 싸지 않으면 이 인간들 어떡할지 알잖아. 지저분한 책으로 몰아가겠지.

재미있어?

끝내줘, 글린이 말했다. 완전히 예측 불가야. 반전도 많고 격렬하고. 짜릿한 자동차들에다 짜릿한 여자들. 봐. 그게 작가 사진이

---

* 1950년대부터 활발히 활동했던 미국 소설가. 주로 방탕한 할리우드 스타나 범죄자가 등장하는 대중소설을 썼다.

야. 이 사람을 좀 봐. 스타일을 보란 말이지. 딱 내 타입이야.

뭐가 딱 형 타입이라고요? 호모나 뭐 그런 쪽이에요, 글린? 빌리가 의자를 끌어내며 말했다.

이 맥락에서 내 타입이라는 말은 함께 어울리고 싶은 유형이라는 뜻이야.

그럼 우린 아니네?

차라리 내 손을 물어뜯고 말지. 기분 나쁘게 듣지 마, 엘리스.

안 그렇게.

70년대에 내가 좀 저런 식이었지, 스타일 면에서 말이야. 기억나, 엘리스?

좀 〈토요일 밤의 열기〉 같은 느낌, 그런 거요? 빌리가 말했다.

네 말은 안 들을 거다.

하얀 양복에 금목걸이?

안 듣는다고.

알았어요, 알았어. 휴전할래요? 빌리가 말했다.

글린은 케첩을 집으려고 팔을 뻗었다.

하지만, 빌리가 말했다.

하지만 뭐? 글린이 말했다.

분명 형은, 걷는 모습만 봐도 여자들에게 인기 있는 남자, 말할 시간도 없는 남자란 걸 딱 알 수 있었을 거야.*

저 녀석이 뭐라고 떠드는 거야? 글린이 물었다.

몰라, 엘리스는 조용히 대답하고 음식 접시를 옆으로 밀었다.

어두운 바깥으로 나온 엘리스는 담배에 불을 붙였다. 기온이 뚝 떨어졌고 하늘을 보니 눈이 올 것 같았다. 그는 빌리에게 말했다, 글린을 그렇게 약 올리면 안 돼.

빌리가 말했다, 자기가 자꾸 자극을 하잖아요.

자극하는 사람 없어. 그리고 그 호모 소리도 집어치워.

보세요, 빌리가 말했다. 큰곰자리. 보여요? 거대한 곰.

내 말 들었어? 엘리스가 물었다.

보세요—아래로, 아래로, 아래로, 위로. 옆으로. 아래로. 그리고 위로, 위로. 보여요?

내 말 들었냐고 했어.

그래요, 들었어요.

그들은 다시 도장 공장으로 걸어갔다.

근데 보긴 했어요? 빌리가 물었다.

아이고 진짜, 엘리스가 말했다.

종이 울리자 조립 라인이 느려지더니 남자들이 바삐 자리를 넘겨주고 공장을 나갔다. 오전 일곱시, 아침은 컴컴했다. 엘리스는

---

* 영화 〈토요일 밤의 열기〉 OST인 비지스의 〈Stayin' Alive〉 가사를 인용한 것.

마지막으로 해를 본 게 언제였나 생각했다. 교대가 끝나면 마음이 들썩거렸고, 그런 기분이 들 때면 집으로 곧장 가지 않았다. 외로움이 덤벼들 게 뻔했으므로. 때로는 자전거를 타고 숏오버 숲을 오르거나 워터페리 마을로 나가서, 달리는 거리가 늘어날수록 종아리가 무지근하게 타는 느낌을 받으며 시간을 채웠다. 나무들 뒤로 아침이 밝아오는 것을 보았고, 새소리를 들으며 공장의 소음에 시달린 귀를 위로했다. 자연 속에 있을 때는 너무 많은 생각을 하지 않으려고 애썼는데, 그런 노력은 효과가 있을 때도 있고 없을 때도 있었다. 효과가 없을 때는, 인생이 의도했던 것에서 너무 멀어져버렸다고 생각하며 자전거를 타고 집으로 달려갔다.

카울리 로드를 따라 주황색 가로등 불빛이 타르 위로 흩어지고 오래전에 사라진 상점들의 유령이 추억의 안개 속에 서려 있었다. 베츠, 로마스 자전거 수리점, 에스텔의 가게, 메이블의 청과물점, 모두 사라졌다. 어릴 적의 그는 나중에 성인이 되었을 때 메이블의 가게가 여기에 없을 거라는 말을 들었다면 믿지 않았을 것이다. 그 자리에는 이제 세컨드 타임 어라운드라는 중고 잡화점이 들어섰다. 문이 열려 있는 때는 별로 없었다.

그는 오래된 리걸 시네마 앞을 지났다. 삼십 년 전에 그곳에서 대형 스크린 속의 복음주의 목사 빌리 그레이엄이 천오백 명의 추종자에게 복음을 전파했다. 상점 주인들과 행인들이 인도에 모여 극장 문밖으로 밀려나오는 대중을 바라보았다. 시티 암스 주점 밖의 주객들은 괜히 발로 바닥을 문지르며 어색하게 구경했다. 과음과 맨정신 사이의 교착상태였다. 하지만 그 도로는 늘 동쪽 지역과 서쪽 지역 사이의 긴장 지점 아니었나? 스펙트럼의 양극단, 가진 자와 못 가진 자, 그것이 신앙이든 돈이든 관용이든.

모들린브리지를 건너, 공기 중에서 책냄새가 나는 다른 지역으로 들어섰다. 그는 잠시 속도를 늦추고 피로한 모습의 학생들 두어 명이 지나가도록 길을 터주었다. 일찍 일어난 걸까, 늦도록 아직 자지 않은 걸까? 구분하기 힘들었다. 더 달리다가 시장 옆에 멈춰서서 커피 한 잔과 신문을 샀다. 한 손으로 자전거를 타고 브레이즈노즈 레인 끝까지 간 다음 벽에 기대어 커피를 마셨다. 관광객들이 시차 때문에 깨어 있는 이른아침 시간을 활용하느라 게슴츠레한 눈빛으로 돌아다니는 모습을 구경했다. 이곳은 정말 아름다운 도시로군요, 한 사람이 말했다. 네, 그는 대답하고 커피를 마셨다.

다음날, 라인에서 내린 로버 600 한 대가 작업 구역에서 대기중이었다. 엘리스는 주간 작업조에게서 받은 인계 장부와 메모를 확인했다. 이번에도 왼쪽 앞바퀴 흠받기였다. 그는 주머니에 있던 흰 면장갑을 끼고 손가락을 펼쳤다. 손상 부위의 선을 따라 손가락 끝을 움직여보니 굴곡이 살짝 느껴졌는데 워낙 미세해서 도장된 표면 위를 비춘 조명으로도 잡아내기 힘들었다. 그는 똑바로 서서 허리를 폈다.

빌리. 네가 해봐, 그가 말했다.

빌리가 손을 뻗었다. 차체 위로 움직이는 흰 장갑. 멈추고, 되짚어가고. 빙고.

저기예요, 빌리가 말했다.

잘했어, 엘리스가 그렇게 말하고 돌리와 작업용 스푼을 집어들었다. 두어 번 톡톡, 그가 말했다. 그거면 될 거야. 빠르고 가볍게. 자, 해보자.

엘리스는 도장 표면을 확인했다. 은색 선이 완벽하게 뻗어 있었다. 빌리가 말했다. 항상 이 일을 하고 싶었어요? 그러자 엘리스는 아니, 하고 말하며 스스로도 놀랐다. 빌리가 말했다, 그럼 뭘 하고 싶었어요? 그가 말했다, 그림을 그리고 싶었어.

종이 울리자 두 사람은 살을 에는 듯 추운 바깥으로 함께 걸어 나갔다. 엘리스는 모자를 푹 눌러쓰고 목도리를 고쳐 맸다. 주머니에서 장갑을 꺼냈고, 딸려 나온 화장지 한 장이 갑자기 몰아친 바람에 멀리 날아가자 잡으러 쫓아가야 했다. 빌리의 웃음은 거슬리지 않았다. 빌리의 웃음은 편안했다.

금요일에 데이트가 있어요, 빌리가 말했다.

어디 가니?

주점이겠죠. 시내에 있는 거요. 순교자 기념비 옆에서 만나기로 했어요.

정말? 엘리스가 물었다. 그나저나, 네 자전거는 어디 있어?

여기 형 거 근처에요, 빌리가 대답했다. 왜 거기서 만나자고 했는지 모르겠어요, 다른 데는 하나도 생각이 안 나는 거예요. 근데 이걸 보세요, 그가 자기 코 옆면을 가리키며 말했다. 여드름.

잘 보이지도 않아. 그애는 마음에 들어?

네, 좋아요, 정말로. 내게 과분한 여자죠, 빌리가 말했다.

다시 빌리가 물었다. 형은 누구 없어요?

엘리스가 대답했다. 없어.

그러자 빌리가 다른 누구도 한 적 없는 말을 했다. 테리에게 들었는데 형 부인은 돌아가셨다면서요?

그의 말투는 다정하면서도 직접적이고 거리낌이 없었다. 마치 사랑하는 이의 죽음이 평범한 일이라는 듯.

그래, 엘리스가 말했다.

어떻게요? 빌리가 물었다.

테리가 말 안 했어?

남의 일에 상관 말라던데요. 근데 아니잖아요, 남의 일.

자동차 사고야. 오 년 전에.

아, 씨발, 빌리가 말했다.

그리고 아, 씨발이야말로 유일하게 적절한 대답이라고 엘리스는 생각했다. 오, 안됐군요, 라든가 끔찍한 일이네요, 등이 아니라, 아, 씨발. 오랜 세월 동안 빌리보다 대화를 잘 이끄는 사람은 보지 못했다. 빌리가 말했다. 그때부터 야간 근무를 시작하셨을 거야,

맞죠? 돈 때문에 그런다고는 생각 안 했어요. 잠이 안 와서 그런 거죠, 맞죠? 나도 다시는 잘 수 없을 것 같아요.

빌리와 그의 열아홉 해의 삶은 이해했다. 그들은 정문에서 걸음을 멈추고 자동차들이 지나가도록 옆으로 비켜섰다.

빌리가 말했다. 레이스에 가서 맥주 한잔하려고요. 가실래요?

아니.

저 혼자예요. 그리고 난 형이랑 얘기하는 게 좋아요. 다른 사람들과 다르거든요.

다른 사람들도 괜찮아.

술집에 가기는 하세요, 엘?

안 가.

그럼 앞으로 계속 시도할 거야. 형을 내 과제로 삼을 거예요.

가라. 어서 가.

내일 봐요, 엘! 엘리스는 빌리가 블랙버드 레이스 주택단지를 향해 가는 수십 명 사이에 섞여 사라지는 모습을 바라보았다. 그는 자전거에 올라 천천히 서쪽으로 되돌아갔다. 엘리스는 저 아이가 언제부터 자신을 엘이라고 부르기 시작했는지 궁금했다.

아침 여덟시, 사우스파크의 하늘이 밝아오기 시작했다. 자동차 앞유리와 새둥우리에 서리가 내렸고 보도가 번들거렸다. 엘리스는 현관문을 연 뒤 자전거를 안쪽 현관으로 끌고 들어갔다. 싸늘한 집에서 장작 연기 냄새가 났다. 뒷방으로 간 그는 라디에이터 위에 손을 올렸다. 라디에이터는 켜져 있었지만 힘겹게 작동했다. 그는 재킷을 곧바로 벗지 않고 우선 벽난로에 장작을 쌓아 불을 일으켰다. 그는 불을 잘 피웠다. 그는 불을 피우고 애니는 와인병을 따면서 세월은 스르르 흘러갔었다. 정확히 말해서, 십삼 년. 포도와 온기의 십삼 년.

그는 찬장에서 스카치를 한 병 꺼내 불가로 되돌아왔다. 정적 속에서 공장의 메아리가 물러나고 이제는 불꽃만이 남았다. 새날이 밝아오며 밖에서는 자동차 문이 부드럽게 쿵쿵 열리고 닫히는 소리가 들렸다. 언제나 이때가 가장 힘겨운 시간이어서, 그 조용한 공허에 그는 때로 숨을 헐떡거렸다. 거기에 그녀가, 그의 아내가, 문가를 얼핏 지나가는 그림자로, 유리창에 비친 반영으로 나타났다. 그는 아내가 어디 있는지 둘러보는 짓을 그만두어야 했고, 그러기 위해서는 위스키가 유용했다. 물을 끼얹어 벽난로 불을 끄고 나서 위스키의 도움으로 그녀 앞을 지나칠 수 있었다. 하지만 때로 그녀는 위층까지 따라 올라오기도 했고, 그가 술병을 위층에 가져가기 시작한 것도 그 때문이었다. 그녀가 둘의 침실 구석에 서서 옷을 벗는 그의 모습을 지켜보았고, 잠에 막 빠져드는 순간에 그를 내려다보며 물었기 때문이다. 가령 이런 물음. 우리가 처음 만났던 날 기억나?

그러면 그는 말했다, 물론 기억나지. 내가 크리스마스트리를 배달하고 있었잖아.

그리고?

그리고 내가 네 집 초인종을 눌렀지. 소나무 냄새와 약간의 겨울냄새를 풍기면서. 창문 너머에서 네 그림자가 다가오더니 문이 열렸고 거기 네가 있었지. 체크무늬 셔츠와 청바지, 그리고 네가 슬리퍼 대신 신는 두꺼운 양말 차림으로. 밝게 빛나는 두 볼, 초록색 눈, 어깨 위에서 옆으로 뻗친 머리칼은 저녁 어스름에 금발로 보였지만 나중에 붉은 기가 돈다는 걸 알게 되었어. 넌 크럼핏*을 먹고 있었고 복도에서도 크럼핏 냄새가 났어. 네가 손가락을 빨면서 미안하다고 말했고 모피 모자를 쓴 나는 수줍어져서 모자를 벗고 나무를 들어올리며 말했지, 이거 여기 물건 같은데, 미스 앤 클리버 맞죠? 그러자 네가 말했어, 맞아요. 이제 장화를 벗고 저를 따라오세요. 그래서 난 고분고분 장화를 벗어던지고 닐 따라가며 한 번도 뒤돌아보지 않았어.

나무를 거실에 가지고 가니 껍질에 정향을 박아넣은 오렌지들이 있었고** 바로 몇 분 전에 네가 어디에 있었는지가 보였지. 아직도 눌린 자국이 또렷한 소파의 자리, 옆에 펼쳐진 책, 빈 쟁반이 놓인 테이블, 카디건 한 벌, 그리고 서서히 희미해지는 벽난로의 불이 있었어.

---

* 주로 영국과 아일랜드 등지에서, 프라이팬에 구워 만드는 동글납작한 빵.
** 통 오렌지의 껍질에 별 모양의 정향 꽃눈을 여러 모양으로 박아넣어 크리스마스 트리 장식으로 쓴다.

나는 받침대 위에 나무를 놓고 네가 금색 종이로 밑동을 감싸는 것을 도왔어. 금색 종이에서 전구로 옮겨가고, 전구에서 장식용 방울로 옮겨가고, 장식용 방울에서 더 위로 올라가 꼭대기에 별을 꽂았지. 그러고는 네 바로 옆자리로 내려온 나는 그곳을 떠나기가 싫었어.

나는 어색하게 서성였어. 네가 말했지, 더 배달 가실 곳 없어요?

없어요, 난 말했어. 가게로 돌아가기만 하면 돼요.

배달할 나무가 더 없나요?

없어요, 난 말했지. 여기가 마지막이었어요.

그럼 가게엔 뭐가 있어요? 네가 물었지.

마이클. 메이블. 그리고 스카치.

아, 네가 말했어. 그 유명한 동화책! 당연히 알죠!

나는 하하 웃었지.

멋지게 웃으시네요, 네가 말했고.

그런 다음 우리는 아무 말도 안 했지. 기억나? 네가 나를 빤히 처다봤던 거? 날 얼마나 안절부절못하게 했는지? 그래서 내가 왜 그렇게 빤히 처다보느냐고 물었지.

그랬더니 네가 말했어, 당신과 운을 시험해볼까 생각중이에요.

그래서 난 말했지. 그래요. 그래요, 가 유일한 대답이었어.

어스름이 어둠으로 바뀌었어. 우리는 손을 잡고 사우스필드 로드를 따라 내달렸고, 중간에 한 번 그늘 속에 멈춰 서서 네 입술과

혀에서 크럼핏을 맛보았지. 카울리 로드에서 달리기를 멈췄어. 메이블의 가게 앞 진열 상품들이 치워져 있었고 열린 문 밖으로 음악이 요란하게 흘러나왔어. 임프레션스의 〈People Get Ready〉. 넌 내 손을 꽉 쥐며 제일 좋아하는 노래라고 말했어. 가게 안에서는 마이클이 혼자서 큰 소리로 노래를 따라 부르며 춤을 추었고 문가에서 테리사 수녀님이 그를 바라보고 있었지. 우리는 도로를 건너가 수녀님과 함께 구경했어. 노래가 끝나자 우리는 박수를 쳤고 마이클은 환호에 답하며 인사했지. 수녀님이 말했어, 이번 크리스마스에 교회에 올래, 마이클? 우린 그런 노래가 필요해.

그러자 마이클이 말했지, 안 갈 것 같아요, 수녀님. 교회는 저랑 맞지 않아요. 그러고는 물었어, 행사일에 필요한 건 모두 준비하셨어요? 수녀님이 그렇단다, 라고 말하자 마이클이 잠깐만요, 하고는 가게 뒤로 들어갔어. 여기요, 그가 말했지.

겨우살이, 수녀님이 웃음을 터트렸어. 겨우살이 아래에 서본 지 정말 오래됐네,* 하고 말한 수녀님은 우리 모두에게 크리스마스를 즐겁게 보내라고 인사한 후 가셨지.

근데 이분은 누구? 마이클이 너를 바라보며 물었어. 그래서 내가 말했지, 앤이야. 그러자 네가 말했어, 애니, 실제로는actually. 그

---

* 크리스마스에 겨우살이 나뭇가지를 장식으로 걸어놓고 그 아래에서 키스하는 전통이 있다.

랬더니 그가 말했어, 미즈 애니 액추얼리. 마음에 드네.

그때는 1976년이었어. 너는 서른. 나는 스물다섯. 이런 세세한 것들을 내가 기억하리라고 넌 생각지 못했을 거야.

우리 셋은 가게 뒤편 뜰에 나가 앉아 있었어. 추운 날이었지만 네가 옆에 있어서 추운지도 몰랐어. 메이블이 인사하러 밖으로 나오자 너는 일어서서 말했지, 여기 앉으세요, 메이블. 그러자 메이블이 말했어, 오늘은 아니야. 침대에 들어가 음악을 들을 거야. 어떤 음악이요? 네가 물었지. 하지만 메이블은 듣지 못하고 안으로 사라졌어.

우리는 벽돌로 테두리를 만들어 안쪽에 불을 피운 다음 맥주를 마시고 구운 감자를 먹다가, 입김이 하얗게 피어나고 별들이 곧 깨질 듯한 얼음 결정처럼 보일 때 담요 속으로 파고들었지. 트럼펫소리가 대화를 가로막았을 때 우리 셋은 뒤뜰 벽을 붙잡고 뛰어올라 손가락 힘으로 버티며 풀이 제멋대로 웃자란 교회 묘지 너머를 바라보았어. 나무에 기대어 트럼펫을 부는 사람의 어두운 윤곽이 보였지.

누구예요? 네가 물었어.

덱스터 쇼랜즈, 마이클이 대답했고.

그게 누군데요? 네가 물었지.

메이블의 옛 연인. 매년 한 번씩 여기 와서 그녀를 위해 연주해요.

사랑이네, 네가 말했어.

다음날, 언제나처럼 오후 다섯시에 알람이 울렸다. 엘리스는 벌떡 일어났다. 목이 조여들고 심장이 쿵쾅거렸다. 남은 확신이란 확신은 자는 동안 모조리 사라졌다. 그는 이 기분을 잘 알았는데, 언제 나타날지 예측할 수 없기 때문에 정말이지 개떡같은 기분이었다. 그는 아예 일어날 수 없게 되기 전에 얼른 침대에서 빠져나왔다. 알람을 껐고, 그것은 그날의 첫 인간 승리가 될 행동이었다. 두번째는 양치질일 것이다. 방이 춥게 느껴져서 창가로 갔다. 가로등 불빛과 어둠. 전화가 울렸고, 그는 울리게 내버려두었다.

디비니티 로드를 따라 자전거를 달리고 있을 때 첫눈이 흩날렸다. 몸에 추가 매달린 느낌이었는데, 언젠가 의사에게 그 느낌을 설명하려 했지만 제대로 표현힐 말이 없었다. 어띤 느낌일 뿐이었다. 가슴에서 시작되어 눈꺼풀을 무겁게 하는 압도적인 느낌. 손에 힘이 없어지고 숨쉬기가 힘들어지는 어떤 차단 현상. 공장 출입문을 지나가는데 거기까지 어떻게 왔는지 전혀 기억나지 않았다.

그는 내내 딴생각에 골몰한 듯 멍했고, 그의 전력을 아는 이들은 그를 향해 턱짓하거나 눈을 찡긋거리며 '어이, 피해'라는 의미의 경고를 주고받았으며, 빌리마저도 숨죽이고 지냈다. 증세가 다소 나아졌을 때 그는 사물함에 기대앉아 담배를 꺼내 말기 시작했다. 빌리가 제지하며 말했다, 뭐하세요, 엘? 그러자 엘리스는 그를 빤히 바라보았고, 어깨에 얹힌 그 아이의 손을 느꼈다. 종 울렸어요, 빌리가 말했다. 저녁식사 시간이에요, 엘리스. 어서요. 소지품 챙기러 가셔야죠.

구내식당에서 그는 다리가 썰룩거리는 느낌이 들었다. 입안이 바싹 말랐고 소음이 너무 심했다. 온 사방에서, 심지어 피부 아래에서도 소음이 들렸다. 심장이 쿵쾅거리는 느낌도 들었다. 음식냄새가 그를 덮쳤고 그는 음식이 수북이 쌓인 접시를 들고 있었다. 이미 소문이 돈 뒤라 딱한 마음이 든 재니스는 접시에 음식을 가득 담아주었으며, 근방의 다른 남자들이 투덜거렸지만 그녀 특유의 시선으로 불평을 제압했다. 이제 빌리와 글린이 또 옥신각신했다. 『종마』* 읽었어요, 글린? 안 읽은 사람도 있나? 전국적인 교육과정에 넣어야 할 책이야. 그네 위에서 해본 적 있어요, 글린? 해본 적 있다, 이 무식한 등신아. 아, 그래요? 애들 놀이터에서?

소음. 그 망할 놈의 소음에 엘리스는 테이블에서 일어섰다. 밖으로 나가니 눈이 내리고 있었고 그는 눈 내리는 소리를 들을 수 있었다. 그 소리가 위를 봐, 위를 봐, 하는 듯해 그는 위를 보았다. 입을 벌리고 혀로 눈을 받았다. 그러자 다시 마음이 고요해졌다. 홀로 밖에서, 그 자신과 눈만이 있는 곳에서. 소음이 가라앉았고 차량이 지나가는 낮고 조용한 소리가 하늘로 떠올랐다.

---

* 영국 작가 재키 콜린스의 소설로 주인공들의 성적 일탈을 다룬다. 동명의 영화로도 제작되었다.

빌리는 밖으로 나와 엘리스가 하늘을 올려다보는 모습을, 흐르기도 전에 얼어붙은 그의 눈물을 보았다. 엘리스는 빌리에게 말하고 싶었다. 난 그냥 무너지지 않으려고 노력하고 있어, 그뿐이야.

그런 말을 하고 싶었던 이유는 지금껏 누구에게도 할 수 없었던 말이라서, 그리고 빌리에게라면 해도 좋을 것 같아서였다. 하지만 그는 말할 수 없었다. 그래서 빌리를 쳐다보지도 않고 지나쳤다. 그의 아버지라면 그랬을 것처럼, 그애를 무시하고 지나갔다.

엘리스는 작업 라인으로 돌아가지 않고 자전거에 올라타 달리기 시작했다. 이따금 뒷바퀴가 밀려났지만 주요 도로에는 모래가 뿌려져 있었으므로, 이내 그는 쏜살같이 내달리고 있었다. 머리는 아무 생각도 하지 않았고, 몸은 안간힘을 써가며 딱히 무엇인지 짚어낼 수 없는 어떤 것으로부터 도망치려고 애썼다. 카울리 로드에 도착했을 때 메이블의 옛 가게에서 흘러나오는 불빛에 정신을 빼앗긴 그는 너무 늦어버린 뒤에야 그 차를 보았다. 사우스필드 로드에서 빠져나온 차가 빠른 속도로 달려왔고, 자유낙하의 공포는 순식간이었다. 그는 충격을 완화하기 위해 한쪽 팔을 뻗었는데, 자신에게 돌진하는 차도의 갓돌이 보인 순간 팔목에서 빠직 소리가 들린 후 뒤이어 둔중한 쿵 소리와 함께 숨이 턱 막히는 느낌이 들었다. 멀어지는 자동차의 후미등이 보였고 리듬감 있게 빙글빙글 돌아가는 자전거 바퀴 소리가 들렸다. 차가운 보도에 머리를 대고 있자니 몸에 매달려 있던 추가 치워졌다. 그는 다시 숨을 쉴 수 있었다.

어둠 속에서 어떤 남자가 달려나와 말했다. 구급차를 불렀어요. 남자가 그의 옆에 쪼그려앉아 물었다. 괜찮으세요?

최고예요, 엘리스가 말했다.

일어나지 말아요, 남자가 말했다.

하지만 그는 일어나 앉아 주변의 눈을 바라보았다.

이름이 뭐예요? 남자가 물었다. 어디 사세요? 그들에게 다가오며 점점 커지는 사이렌소리. 그리고 이렇게 생각하는 엘리스, 아무 것도 아닌 일에 괜한 소동이군. 정신이 이보다 더 맑았던 적이 없는데.

엘리스는 어렸을 때 면도하는 아버지를 바라보는 것을 좋아했다고 기억했다. 아버지가 너무 커서 엘리스는 변기 물탱크 위에 앉아 발을 대롱거리며 올려다보곤 했다. 공기 중에 수증기가 자욱했고 거울에는 물방울이 맺혀 흘러내렸으며 두 사람 다 아무 말도 하지 않았다. 창문을 통해 들어온 햇빛이 조끼를 입은 아버지의 어깨와 가슴에 닿으면서 유리창에 새겨진 백합 문양이 피부에 무늬를 놓았고, 그런저런 효과로 인해 아버지는 마치 최상의 대리석으로 조각된 것처럼 보였다.

아버지가 살갗을 이리저리 밀면서 까칠한 수염 위로 면도기를 당기는 것을 보고 있으면, 비누 거품의 주름 속에서 사포질 같은 소리가 들리던 기억도 났다. 이따금 아버지는 당시의 유행가로 휘파람을 불었는데, 뒤이어 탁 탁 탁 소리가 나면 김이 오르는 물 위로 거품이 떨어졌고, 작고 검은 점들이 흰 도기에 들러붙어 세면대 물이 빠진 뒤에도 선 모양으로 남았다. 아울러, 아버지는 무슨 일이든 할 수 있고 그 무엇도 두려워하지 않는 사람이라고 생각했던 기억도 떠올랐다. 권투장에서 스파링하기를 좋아했던 커다란 손으로는 아름다운 손짓 또한 할 수 있었다. 예컨대 면도를 완성하며 볼과 목에 향긋한 머스크 향수를 철썩철썩 바를 때처럼.

언젠가 그 향긋한 완성의 상태에서 엘리스가 팔을 뻗어 아버지를 안았고, 그는 아주 잠깐 아버지를 소유했다. 아버지가 그의 팔을 움켜쥐고 떼어내기 전에, 사랑의 탁 탁 탁 소리가 순식간에 문을 쾅 닫는 소리로 바뀌기 전에. 엘리스는 기억했다, 아버지처럼 될 수민 있다면 무엇이든, 그 무엇이든 내놓을 수 있을 거라 생각했던 것을. 그날의 기억이 너무 아파서 다시는 아버지에게 팔을 뻗지 않게 되기 전까지는.

손에서 팔꿈치까지 깁스한 채로 집의 침대에 누워 있는 이때 왜 그런 생각이 나는지는 알 수 없었다. 좀전에 병원에서 간호사가 연락할 만한 사람이 있는지 물었기 때문일 거라고 짐작할 뿐이었다.

없어요, 그는 말했다. 우리 아버지는 여행을 가셨거든요. 여자친구 캐럴과 함께 본머스에 갔어요. 캐럴은 진한 향수를 뿌려요. 그래서 난 냄새만으로도 캐럴이 왔다 갔는지 알아요. 다들 내가 모른다고 생각했지만 난 알았다고요. 향수 말이에요, 네?

약에 취한 헛소리.

이제 그는 자기 방 침대에 누워 천장을 노려보며 이 순간을 조금이나마 편하게 해주었을 모든 것에 대해 생각하고 있었다. 그 목록에서 1위는, 그는 생각했다, 티스메이드*. 모양은 흉해도 유용한 기계였다. 그는 차를 한잔 마시고 싶었다. 혹은 커피. 따뜻하고 달콤한 것을 원했지만, 아마도 그저 충격에 대한 반응이 뒤늦게 나타난 것인지도 몰랐다. 그는 너무 추워서 베개 밑에서 찾은 티셔츠를 입었다. 방이 초라하다는 생각이 들었다. 끝내지 않은 그 모든 일. 시작하지 않은 그 모든 일. 교체용 참나무 마루판을 오 년간 가득 쌓아둔 차고.

옆집에서 틀어놓은 음악이 방으로 흘러들었다. 마빈 게이, 구식 유혹 음악. 학생들이었다. 그들은 거슬리지 않았다, 그들은 어떤 면에서 동행이었다. 그는 일어나 앉아서 물컵으로 손을 뻗었다. 예전에는 이웃 사람들과 친하게 지냈는데 이제는 잘 그러지 못했다. 예전에는 이웃들의 집에 드나들곤 했지만 다 지난 일이었다. 지금 그의 이웃은 학생들이고 내년에는 또다른 무리의 학생들일 것이며 그들과도 알고 지내지는 못할 것이다. 그는 손목시계를 봤다. 침대 맡 협탁으로 몸을 뻗어 볼타롤과 코코다몰**을 꺼내 남은 물을 다

---

* 영국 문화권에서 한때 유행했던 자동 티메이커로. 대개 알람 시계가 달려 있고 침대맡에 두어 아침에 일어나자마자 차를 마실 수 있게 했다.
** 두 가지 모두 소염 진통제.

마셨다. 손가락을 최대한 움직여봤지만 뻣뻣하고 부어오른 느낌이었다. 위스키병이 무슨 영문으로 침대 옆에 놓여 있는지 알 수가 없었다. 그 요정이 또 나타났군, 그는 생각했다.

옆집의 음악이 섹스로 바뀌자 그는 좀 놀랐다. 옆집 학생들에게는 섹스가 빈번한 일이 아닐 거라고 추측했었기 때문이다. 통계학을 공부하는 그 학생들은, 통계적으로 볼 때, 문학이나 철학, 정치학, 경제학을 공부하는 아이들보다 승산이 낮았다. 그 점에서라면 미술도 괜찮겠고. 뭐, 그는 그렇게 생각했다. 그냥 원래 그런 거라고, 더 섹시한 과목들이 있다고. 침대가 벽에 쿵쿵 부딪혔고, 그들은 무척 열심이었다. 다시 드러누운 그는 젊은 여자가 절정에 오르는 소리를 들으며 잠에 빠져들었다.

다시 일어났을 때, 시계는 일곱시를 가리켰다. 밖은 어두웠고 가로등 불빛이 방을 밝혔다. 아침일 수도 있지만 아마도 저녁인 듯했다. 세상에 내려앉은 절대적인 고요. 살펴주는 이 하나 없는 처지. 그는 침대에서 내려와 비틀거리며 일어섰다. 멍들고 쓰라린 느낌이 들어 살펴보니 허벅지에 넓게 퍼진 연보라색 자국이 있었다. 욕실로 걸음을 옮겼다.

방으로 돌아와서는 물컵에 스카치를 조금 따랐다. 창가에 서서 커튼을 활짝 젖혔다. 사우스파크는 흩뿌려진 흰 눈에 덮였고 거리는 텅 비어 있었다. 그는 위스키를 마시며 책더미에 기댔다. 마이클과 애니와 함께 찍은 세 사람의 사진을 흘낏 내려다보았다. 애니는 책을 좋아했다. 결혼 6주년 기념일의 깜짝 행사도 그래서 가능했다. 그는 애니를 도서관의 일터에서부터 곧 그녀의 소유가 될 서점이 있는 세인트클레먼츠까지 눈을 가리고 데려간 후, 황동 열쇠 두 개를 꺼내놓고 눈가리개를 풀어주었다. 당연히 샴페인을 준비한 마이클이 안에서 기다리고 있었다. 이곳을 뭐라고 부를까? 코르크가 바닥으로 튕겨 나갈 때 그녀가 물었다. 애니 앤드 컴퍼니, 그들은 제안했다. 너무 연습한 느낌이 들지 않도록 애쓰면서.

엘리스는 자물쇠를 풀고 창문을 활짝 열었다. 들이닥치는 추위에 미처 대비하지 못한 터라 몸이 덜덜 떨렸다. 무릎을 꿇고 창밖으로 팔을 내밀었다. 손가락을 꽉 쥐었다가 풀고, 꽉 쥐었다가 풀고, 간호사가 지시한 그대로 성실히 따랐다. 그는 갑자기 다시 피로해졌고 침대는 너무 멀게 느껴졌다. 이불을 잡아 끌어당겼다. 몸을 이불로 감싸고 바닥에서 잠들었다.

방의 열기에 그는 마침내 깨어났다. 나쁜 생각 때문에 제대로 잠들지 못했던 밤이 지난 후, 그는 구석에서 라디에이터에 기대어 있었다. 무슨 요일인지도 알 수 없었지만, 불현듯 캐럴과 통화할 때 그날 오후에 난방을 점검해주기로 약속했던 게 떠올랐다. 일어나 앉아서 겨드랑이 냄새를 맡아보니 옷감에 밴 쿰쿰한 냄새가 났다. 그는 일어서서 욕실로 간 다음 욕조에 물을 받았고, 펄떡거리던 손의 통증이 가라앉은 것을 느끼며 간호사가 알려준 대로 팔에 비닐봉지를 감쌌다.

뜰에 나오니 공기가 청명해 숨쉬기가 좋았다. 파란 하늘이 어제의 잿빛을 살살 밀어냈고, 희미한 겨울 햇살 속에 잠깐이나마 새로운 계절의 약속이 어른거렸으며, 해가 나오자 눈은 이미 곤죽으로 변했다. 엘리스는 부엌 벽에 기대어 얼굴에 햇볕을 받았다.

괜찮으세요, 엘리스?

엘리스는 눈을 떴다. 울타리 앞에 서 있는 젊은이가 그의 이름을 안다는 사실에 깜짝 놀랐다.

그래요, 그렇게 나쁘진 않아요, 그가 말했다.

어쩌다 그렇게 되셨어요?

엘리스는 웃음을 지었다. 자전거에서 떨어졌어요, 그가 말했다.

젠장, 학생이 말했다.

잠깐만요, 학생이 말하고는 안으로 사라졌다. 그는 김이 오르는 머그잔을 들고 다시 나왔다.

받으세요, 그가 말했다. 커피예요. 그러고는 울타리 건너로 머그잔을 내밀었다.

엘리스는 무슨 말을 해야 할지 알 수 없었다. 약과 잠 때문에 정신이 좀 흐리멍덩하긴 했지만, 사실 그것 때문이라기보다는 그 마음의 표현 때문에 동요했고 그 친절 때문에 말이 목에 걸려버렸다. 마침내 그가 말했다, 고마워요. 고마워, 근데 이름이, 난……

제이미.

그래, 맞아. 제이미. 그렇지. 미안해요.

어쨌건, 맛있게 드세요. 전 다시 들어갈게요. 뭐든 필요한 게 있으면 저희에게 말씀하세요.

그러고 나서 아이는 사라졌다. 엘리스는 벤치에 앉았다. 커피는 맛이 좋았다. 인스턴트가 아니라 진짜 커피, 진한 커피였으며 그걸 마시니 배고픔이 사라졌다. 장을 볼 필요가 있었다. 토스트 외에 다른 것을 먹은 게 언제인지 기억나지 않았다. 그는 커피를 마시며 뜰을 바라보았다. 한때는 안식처가 되어주던 곳이었다. 애니는 원대한 계획을 세워 그곳을 계절마다 순환하는 색채의 팔레트로 바꾸어놓았다. 책들을 꺼내 밤늦도록 공부하며 아이디어를 스케치했다. 잔디밭을 반으로 줄이고 남은 땅에 그로서는 이름을 발음할 수도 없는 꽃과 관목을 심었다. 키 큰 풀들은 바람이 불면 물결을 일으켰고 벤치 주위로는 여름마다 한련이 기쁨을 주었다. 한련은 잘 죽지 않아, 그녀는 언젠가 그렇게 단언했지만 그는 죽게 했다. 그 모든 섬세하고 눈부신 아이디어가 그의 방관이라는 그늘 속에서 시들어버렸다. 오직 강인한 것들만이 웃자란 검은딸기 밑에 남아 있었다. 인동덩굴, 동백, 그런 것들이 모두 저기 어딘가에 남아 있어서, 그는 덤불 아래 여기저기에서 등불처럼 빛나는 빽빽한 진홍색 꽃송이들을 볼 수 있었다. 뒷문과 부엌 옆으로 난 뜰의 경계선을 따라 잡초들이 그의 주위에 무성했다. 허리를 굽혀 한줌 집으니 땅에서 너무 쉽게 뽑혀 나왔다.

코에서 뜨뜻한 액체가 뚝뚝 떨어지는 느낌이 들자 그는 감기가 시작되는 건가 생각했다. 손수건을 찾아보다가 결국 셔츠 옷자락으로 대충 처리해야 했다. 옷자락을 보니 피가 묻어 있었다. 그는 턱밑에 손을 대고 고이는 피를 최대한 받아냈다. 부엌으로 다시 들어가 키친타월 뭉치를 뽑아 코를 단단히 틀어막았다. 그는 차가운 타일 바닥에 앉아 냉장고에 등을 기댔다. 타월을 더 뽑으려고 손을 뻗는 순간, 휴지 대신 아내의 손을 상상한 것은 바로 그때였다. 그는 눈을 감았다. 그의 손에 잡힌 아내의 손과 그의 팔에 아른거리며 긴 자취를 남기는 그녀의 부드러운 입술을 느꼈다.

너 요즘 너무 멍해, 그녀가 말했다.

난 멍청이야.

그래 맞아, 그녀가 말하고 웃었다. 도대체 어떻게 된 거야?

빠져나갈 수가 없어.

아직도? 그녀가 물었다.

네가 하려고 했던 그 모든 일, 그녀가 말했다.

네가 그리워.

왜 이래, 그녀가 말했다. 그 일들 지금도 할 수 있어. 이건 나 때문이 아니야. 너도 알잖아, 그렇지, 엘리스?

엘?

어디 간 거야?

여기 있어, 그가 말했다.

너 자꾸만 흐릿해져. 요즘 너 정말 거슬린다.

미안해.

내가 말했지, 이건 나 때문이 아니라고.

알아.

가서 그를 찾아봐, 그녀가 말했다.

애니?

엘리스는 그녀가 사라진 뒤에도 오랫동안 눈을 감고 있었다. 부엌의 냉기가, 딱딱한 바닥이 느껴졌다. 찌르레기 소리, 냉장고의 끊임없는 낮은 소음이 들렸다. 눈을 뜨고 코를 압박하던 타월을 떼어냈다. 이제 피는 멈춰 있었다. 비칠비칠 일어난 그는 주위 공간이 너무도 광활하게 느껴져서 숨이 막힐 것 같았다.

오후가 되자 눈은 거의 녹아 없어졌지만 그는 모래가 뿌려진 도로 위로만 걸어갔다. 카울리 로드에서 차량 흐름에 틈이 생기기를 기다렸다가 길을 건넜다. 그의 자전거를 찾아 주변을 둘러봤지만 근처에는 보이지 않았다. 그런 것을 가져가고 싶은 사람이 있을까 싶었다. 고급품도 아닌데. 십 년 전에 50파운드에 샀고 그때조차 다들 그가 사기당한 거라고 했다. 바꿀 때가 됐군, 그는 생각했다. 팔의 통증이 유발한 갑작스러운 평정.

그는 사고가 있던 밤에 메이블의 옛 가게에서 흘러나오는 불빛에 정신이 팔렸던 기억이 떠올라 그쪽으로 되돌아가 문을 당겨보았다. 문은 당연히 잠겨 있었고 누군가가 왔던 흔적도 없었다. 창문에 말라붙은 윈돌린 세정제의 반투명한 소용돌이 흔적 너머로 안을 엿보니, 허물어진 실내에 쓰레기가 가득했다. 정신없이 어지럽혀진 그 공간이 그가 소년 시절에 보았던 공간과 같은 곳이라고는 생각하기 힘들었다. 예전에는 가게 뒤편에 장사 공간과 주거 공간을 분리하는 빛바랜 초록 커튼이 달려 있었다. 그리고 커튼 오른편에 테이블 하나. 테이블 위에는 현금 계산기, 전축, 레코드 두 무더기. 상점 전면은 채소 자루들과 과일 궤짝들로 이루어진 진열대였다. 문 반대편 중앙에는 앉을 때마다 귤냄새가 풍기던 안락의자가 하나 있었다. 이 공간 안에서 세 사람이 그토록 수월하게 돌아다니는 게 어떻게 가능했을까?

아버지를 여읜 마이클이 옥스퍼드에 도착하던 날 엘리스에게 가게로 와달라고 부탁한 사람은 메이블이었다. 자기 손자 또래의 상냥한 얼굴이 필요했기에. 엘리스는 지금 자신이 서 있는 자리에 서 있었던 일을 기억했다. 엘리스 자신과 메이블, 그리고 환영 파티를. 둘 다 초조했고, 둘 다 말이 없었다. 거리는 눈에 덮여 고요했다.

그뒤로 오랫동안 메이블은 마이클이 눈과 함께 왔다고 말하곤 했다. 메이블에게 손자가 자신과 함께 살러 왔던 해는 그렇게 기억될 수밖에 없었기 때문이다. 1963년 1월이었지, 엘리스는 생각했다. 우리는 열두 살이었어.

그들은 미스터 칸의 콜택시가 속도를 줄이고 가게 앞에서 멈추는 것을 바라보았다. 미스터 칸은 차에서 내려 하늘로 양손을 올리고 말했다, 아, 미시즈 라이트! 눈이란 정말로 멋진 것이네요!

그러자 메이블이 말했다, 여기 밖에 있다간 죽을병에 걸릴 거예요, 미스터 칸. 이런 날씨에 익숙하지 않잖아요. 근데 제 손자를 잊으신 건 아니죠?

오, 그럼요! 그가 말하며 승객석 문으로 잽싸게 돌아가 문을 열었다.

돌아온 탕아 한 명, 그가 말했다. 그리고 책이 가득 든 여행가방 두 개입니다.

들어와라, 들어와, 메이블이 말했고, 그들 세 사람은 간밤에 갑작스럽게 닥친 한파와의 싸움에서 열세에 몰린 작은 전기히터 주위에 옹송그리며 모였다. 미스터 칸이 여행가방들을 들고 가게를 가로질러 뒤편으로 사라진 후, 계단과 머리 위 계단참에서 그의 발소리가 묵직하게 들렸다. 메이블은 소년들을 서로에게 소개했고 그들은 예의를 차려 악수하고 안녕, 하고 인사했으나 곧바로 수줍음에 말문이 막혔다. 엘리스는 마이클의 짧게 깎은 어두운색 머리 앞부분에서 한 가닥 위로 뻗친 머리칼과 윗입술 위에 가로로 난 흉터─넘어지며 테이블에 부딪혀 생긴 것임을 나중에 알게 되었다─에 눈이 갔다. 그 흉터로 인해 빛을 잘못 받으면 웃음이 난데없는 조롱처럼 비쳤는데, 그런 별난 특징은 세월이 흐르며 점점 더 도드라지게 되었다.

엘리스는 창가로 갔다. 등뒤에서 시계가 조용히 똑딱거렸고 이탈리안 카페의 불빛이 그 앞의 하얀 거리에 노란색을 흘렸다. 메이블이 말하는 소리가 들렸다, 배고프겠구나. 그러자 마이클이 아뇨, 아니에요, 하고 대답하고는 엘리스에게 다가와 옆에 섰다. 두 소년은 유리창에 비친 서로의 반영을 바라보았고 그들의 눈 뒤편으로 눈이 내렸다. 그들은 이웃한 세인트 메리 앤드 세인트 존 성당으로 수녀 한 명이 천천히 조심스럽게 다가가는 것을 지켜보았다. 가게로 내려온 미스터 칸이 손가락으로 가리켰다.

봐라! 그가 말했다. 펭귄이다! 그러자 그들은 웃음을 터트렸다.

나중에 밤이 되어 마이클의 방에서 엘리스가 물었다, 그 안에 정말로 책이 가득해?

아니, 가방 하나에만, 마이클이 여행가방 하나를 열면서 대답했다.

난 책 안 읽어, 엘리스가 말했다.

그럼 그건 뭔데? 마이클이 엘리스의 손에 들린 검은 책을 가리키며 물었다.

내 스케치북. 어디든 가지고 다녀.

봐도 돼?

그럼, 하고 엘리스는 스케치북을 건네주었다.

마이클은 책장을 넘기고 천천히 고개를 끄덕여가며 그림을 감상했다. 그러더니 갑자기 멈췄다. 이건 누구야? 그가 여자의 얼굴이 그려진 장을 펼치고 물었다.

우리 엄마.

정말로 이렇게 생기셨어? 마이클이 물었다.

응.

아름다우시다.

그래?

그렇게 생각 안 해?

우리 엄마라니까.

우리 엄만 떠났어.

왜?

그는 어깨를 으쓱했다. 그냥 나가버렸어.

돌아오실 거라고 생각해?

이젠 내가 어디 있는지도 모를 것 같은데, 하면서 그가 스케치북을 돌려주었다. 날 그리고 싶다면 그려도 돼, 마이클이 말했다.

좋아, 엘리스가 말했다. 지금?

아니. 며칠 후에, 그가 말했다. 흥미롭게 보이도록 그려줘. 시인처럼 보이게 해줘.

엘리스는 창문에서 돌아섰다. 버스가 서서히 모습을 드러냈고, 그는 도로를 건너 손짓으로 버스를 세웠다. 뒷자리에 혼자 앉아 눈을 감았다. 갑자기 정신이 혼미해졌다. 뒤섞인 추억과 약으로 인한 혼란.

그는 아버지의 집이 비어 있을 때는 그곳에 잘 가지 않았다. 사실을 말하자면, 아버지만 있을 때도 잘 가지 않았다. 엘리스는 두 사람 모두 편치 않게 여기는 무언의 유대감을 피하려고 애썼다. 내려야 할 정류장이 나오기 전에 미리 버스에서 내려 나머지 거리를 걸어갔다. 하늘이 다시 흐려지고 있었다. 이 도로의 어떤 점 때문에 그는 어린애 같은 불안 상태에 빠지는 것일까?

현관문 앞에 도착했을 때는 햇빛이 거의 사라진 후였고, 그는 어떤 예감에 사로잡혔다. 자물쇠에 열쇠를 꽂았다. 안에 들어서자 차 소리가 물러났고, 어스레한 빛은 더욱 어두워져 저녁이라고 해도 될 것 같았다. 이제 그 세월과 홀로 대면하자니, 그는 초조하고 불안했다.

집은 훈훈했고 캐럴은 바로 그것, 다가오는 한파에 대비해 그들이 난방을 켜두고 떠났는지를 확인하고 싶어했다. 이제 그는 가도 되지만 그러지 않았다. 과거의 비뚤어진 유혹이 어린 시절부터 거의 바뀌지 않은 뒷방으로 그를 이끌었다.

방에서 음식냄새가 났다, 아직도. 고기 로스트. 아버지와 캐럴은 어딘가 떠나기 전날 저녁에는 항상 로스트를 먹었다. 호텔 음식이 어떨지 알 수 없다는 이유였다. 그런 생각은 아버지의 것임이 틀림없었다. 그는 주위를 둘러보았다. 식탁, 찬장—그 컴컴하고 위압적인 참나무 판—거울, 바뀐 게 거의 없는 그곳. 안락의자는 커버를 새로 씌웠는지도 모르지만, 적갈색과 남색 뷰트* 문양의 그 천을 잡아당기면 과거의 음울한 흔적이 그대로 남아 있었다. 그는 커튼을 열고 뜰을 내다보았다. 암석정원 중간에 군데군데 희미하게 남은 눈. 동경에 잠긴 자줏빛 크로커스 꽃송이들, 그리고 저멀리에서 가짜 땅거미처럼 빛나는 자동차 공장. 카펫이 바뀌었다는 사실이 눈에 들어왔지만 압도적인 갈색빛만은 그대로였다. 어쩌면 캐럴이 완강히 요구한 것일까? 이걸 치우지 않으면 내가 나간다, 하고 말했는지도 모른다. 어쩌면 캐럴은 그런 요구를 무리 없이 관철할 수 있는 유형의 여자인지도 모른다. 그는 문 반대편 벽, 어머니의 〈해바라기〉 그림이 걸려 있던 곳 앞에 섰다.

어머니는 그 그림 앞에서 불현듯 멈춰 서곤 했고, 바로 그 순간 하고 있던 말이나 행동도 그 노란색 앞에서 갑자기 중단되었다. 그것은 어머니에게 위안이었다. 감화의 원천이자 고해소였다.

마이클이 옥스퍼드에 와서 살기 시작한 지 얼마 되지 않은 어느 오후에 둘은 함께 엘리스의 집으로 갔는데, 그때 그의 어머니 도라와 마이클이 처음으로 만났다. 두 사람이 서로에게 얼마나 매료되

---

* 스코틀랜드의 섬 이름이자, 줄무늬를 기본으로 자잘한 장식이 섞인 뜨개질 문양을 가리킨다.

었는지, 거의 곧바로 빠져든 대화에 얼마나 열중했는지, 마이클이 자기 어머니가 비운 자리에 그의 어머니를 얼마나 자연스럽게 끌어들였는지 엘리스는 기억했다.

마이클이 〈해바라기〉 그림 앞에 입을 떡 벌리고 서서 했던 질문도 기억했다. 저거 원화예요, 미시즈 저드?

그러자 어머니가 말했다, 아니야! 세상에, 아니지. 그러면 얼마나 좋겠니! 근데 아니야. 경품으로 받은 거야.

저게 원화라면 아마도 굉장한 가치가 있을 거라고 말하려던 것뿐이에요.

어머니는 마이클을 빤히 쳐다보다가 말했다, 너 참 재미있는 아이구나.

그녀는 부엌에서 샌드위치를 가져와 두 소년 앞에 접시를 내려놓고 물었다, 누가 그린 그림인지 아니?

반 고흐요, 마이클이 말했다.

도라는 아들을 보면서 웃었다. 네가 말해줬지.

아니에요! 엘리스는 항의했다.

아니에요, 마이클이 말했다. 전 아는 게 꽤 많아요.

먹어라, 어머니가 말했고, 소년들은 접시로 손을 뻗었다.

그 사람은 한쪽 귀를 잘랐어요, 마이클이 말했다.

맞아, 도라가 말했다.

면도칼로요, 마이클이 말했다.

왜 그런 짓을 한 거야? 엘리스가 물었다.

누가 알겠니? 어머니가 말했다.

광기죠, 마이클이 말했다.

설마? 엘리스가 말했다.

나라면 더 눈에 띄지 않는 걸 잘랐을 거야, 마이클이 말했다. 발가락 같은 거.

됐다, 됐어, 도라가 말했다. 그만하자. 반 고흐가 어느 나라 사람인지 아니, 마이클?

네. 네덜란드요. 페르메이르와 같죠.

봐요, 얘 진짜 아는 거 많아요, 엘리스가 말했다.

맞아, 도라가 말했다. 네덜란드야. 반 고흐가 그곳에서 친숙했던 색은 땅의 색깔들, 어두운색, 그러니까 갈색과 회색 계열이었어. 짙은 녹색 계열. 빛도 여기와 비슷하게 단조롭고 맥빠진 빛이었고. 그래서 동생 테오에게 편지를 써서 남쪽 지방—프랑스의 프로방스 말이야—에 가고 싶은 열망을 느낀다고 말했지. 뭔가 다른 것, 그림을 그리는 다른 방식을 찾고 싶다고. 더 나은 화가가 되고 싶다고.

난 그 사람이 어떤 경험을 했을지 상상하는 게 좋아. 아를의 기차역에서 내려 그런 강렬한 노란 빛 속으로 들어서는 느낌 말이야. 그게 그를 변화시켰어. 어떻게 안 그럴 수 있겠니? 누군들 어떻게 변하지 않을 수 있겠어?

남쪽 지방에 가고 싶으세요, 미시즈 저드? 마이클이 물었다.

그러자 어머니는 웃음을 터트리며 말했다, 어디든 가고 싶지!

아를이 어디예요? 엘리스가 물었다.

한번 볼까? 어머니가 그렇게 말하고 찬장으로 가서 지도책을 꺼냈다.

책장이 북미에서 묵직하게 펼쳐지면서 먼지구름이 피어올랐다. 엘리스는 허리를 숙이고 여러 나라와 대륙과 대양이 획획 넘어가는 것을 보았다. 어머니는 유럽에서 속도를 줄였다가 프랑스에서 멈췄다.

여기네, 그녀가 말했다. 아비뇽 근처. 생레미와 아를. 반 고흐가 그림을 그린 곳이야. 빛과 태양을 찾아다녔고 둘 다 찾았지. 그리고 애초에 하려고 했던 일을 했단다. 원색과 그 보색을 써서 그림을 그린 거야.

보색이 뭐예요? 엘리스가 물었다.

보색이란 다른 색을 돋보이게 하는 색이야. 파란색과 주황색처럼, 하고 어머니가 글을 읽어주듯 말했다.

저와 엘리스처럼요, 마이클이 말했다.

그래, 어머니가 미소를 지었다. 너희 둘처럼. 그럼 원색은 뭘까?

노랑, 파랑, 빨강, 엘리스가 말했다.

그렇지, 도라가 말했다.

그리고 이차색은 주황, 초록, 보라예요, 마이클이 말했다.

빙고! 도라가 말했다. 케이크 먹고 싶은 사람?

아직 〈해바라기〉 얘기 안 했잖아요, 마이클이 말했다.

안 했지, 그녀가 말했다. 네 말이 맞아. 좋아, 그래서 빈센트는 남쪽 지방에 화가들의 작업실을 만들고 싶어했어. 주위에 친구들이나 생각이 맞는 사람들이 있었으면 하는 마음이 강했거든.

그 사람은 아마도 외로웠던 것 같아요, 마이클이 말했다. 귀를 그렇게 한 것도 그렇고 어두운 것도 그렇고.

나도 그렇게 생각해, 도라가 말했다. 그때는 1888년이었는데, 함께 지내기로 한 다른 화가를 기다리고 있었어. 폴 고갱이라는 남자였지. 사람들은 반 고흐가 고갱의 방을 장식해주려고 〈해바라기〉를 그렸을 거라고 말해. 이것 말고도 다른 해바라기 그림이 많거든. 어쨌든 참 멋진 생각 아니니? 그게 사실이 아니라고 말하는 사람들도 있지만 난 사실이라고 생각하고 싶어. 우정과 환영의 표시로 꽃을 그린다는 것. 분명 남자와 소년도 아름다운 일을 할 수 있단다. 그걸 잊지 마, 너희 둘, 그녀는 그렇게 말하고 부엌으로 사라졌다.

그들은 케이크가 접시에 담기는 소리, 식기 서랍이 열리는 소리, 그리고 노래에 담긴 도라의 행복을 들었다.

그리고 그림을 어떻게 그렸는지 봐! 도라가 갑자기 새로운 생각에 떠밀려 다시 방으로 들어와서 말했다. 붓질을 봐, 보일 거야. 두껍고 활달하지. 저 그림을 복제한 사람이 누구든 그의 화풍까지 복제한 거야. 고흐는 뭔가에 사로잡힌 사람처럼 빨리 그리기를 좋아했으니까. 그리고 그 모든 것이 합쳐졌을 때―빛, 색채, 열정, 그건……

자물쇠에 꽂힌 열쇠가 돌아가는 소리에 그녀는 말을 멈췄다. 그의 아버지가 그들을 지나 부엌으로 성큼성큼 걸어갔다. 그는 아무 말도 하지 않고 소리만 냈다. 레인지에 육중하게 올라가는 주전자, 컵, 서랍이 열리는 소리, 쾅 닫히는 소리.

오늘밤에 나갈 거야, 그의 아버지가 말했다.

그래, 하고 대답한 도라는 머그잔에 담긴 차를 들고 방을 나가는 남편을 바라보았다.

그 모든 것이 합쳐졌을 때는요? 엘리스가 물었다.

그건 삶이야, 그의 어머니가 말했다.

다음 일요일, 눈이 펑펑 내려 잘 쌓인 날에 그의 어머니는 차에 터보건 썰매를 싣고 두 소년을 브릴로 데려갔다. 엘리스에게 그날은 비슷한 여러 기억 중 하나였다. 초기에 마이클이 도라의 관심을 얻으려 애쓰고 그녀의 말이 절벽의 지지대나 되는 것처럼 한마디, 한마디에 매달리던 기억. 마이클은 멀미 때문에 앞자리에 앉아야 한다고 했고, 오가는 내내 도라의 운전 실력이나 행동 방식에 대해 찬사를 늘어놓으면서 대화를 〈해바라기〉와 남쪽 지방으로, 색채와 빛으로 되돌려놓으려 했다. 할 수만 있었다면 기어 조작도 대신 해주었을 거라고 엘리스는 굳게 믿었다.

어머니가 차에서 내려 코트 단추를 잠갔다. 그녀가 말했다, 꼭 대기에 올라갔을 때 잊지 말고 주변을 둘러봐. 그림을 그릴 것처럼 그곳을 모두 유심히 살펴봐. 이런 눈을 다시는 보지 못할 수도 있어. 눈이 풍경을 어떻게 바꿔놓는지 봐. 눈이 너희를 어떻게 바꿔놓는지도 보고.

그럴게요, 마이클이 대답하고 목적의식에 도취해 씩씩하게 앞장섰다. 엘리스는 어머니를 보며 미소 지었다.

두 소년은 눈더미 위로 썰매를 끌며 가파른 언덕마루와 완만한 경사를 지나 풍차가 있는 곳으로, 흰 담비 같은 새하얀 언덕들과 주변의 경작지들이 굽어보이는 곳으로 올라갔다. 멀리 도라가 보였다. 빨간 코트에 두꺼운 목도리를 휘감은 그녀는 자동차엔진 쪽에 기대어 몸을 녹였고 빨간 입술 한쪽에서 구불거리는 연기가 피어올랐다. 마이클이 팔을 들었다. 내가 보이진 않겠지, 그가 말했다. 보일 거야, 엘리스가 답하고 언덕 끝에 썰매를 놓았다. 마이클이 다시 손을 흔들었다. 마침내 도라도 손을 마주 흔들었다. 어서, 가자, 엘리스가 말했다. 한 번만 더 둘러보고, 마이클이 말했다.

엘리스는 앞에 앉아 줄을 꽉 잡고 썰매 날 위에 발을 올렸다. 마이클이 뒷자리에 올라타는 느낌이 들었다. 그의 손이 자신의 허리를 감싸는 것이 느껴졌다. 됐어? 엘리스가 물었다. 됐어, 마이클이 대답했다. 앞으로 살살 밀자 썰매는 비탈을 넘어 내려가기 시작했고, 속도가 붙고 눈더미 속에 숨겨져 있던 고랑들을 만나면서 그들의 몸이 뒤로 젖혀졌다. 흐릿해서 구분도 안 되는 나무들과 언덕 위로 올라가는 사람들을 빠르게 지나며 언덕을 퉁퉁 튕겨 내려가는 동안 엘리스는 허리에 꽉 들러붙은 마이클을 느꼈고 그의 비명을 들었다. 그러다 갑자기 바닥의 마찰이 사라지면서 남은 것은 오직 공중으로 날아오르는 그들 두 사람뿐이었고, 곧이어 그들은 서로에게서, 그리고 줄과 나무판에서도 분리되었다가 숨이 멎을 듯 어리벙벙한 채로 땅에 떨어졌으며, 눈과 하늘과 웃음과 뒤죽박죽 되어 굴러내려가다 평평해진 땅이 그들을 다시 받아 가만히 붙잡아주었을 때에야 비로소 멈출 수 있었다.

열네 살 생일 직후에, 학교에서 돌아온 엘리스는 그림 앞에 조용히 앉아 있는 어머니를 보았다. 그 장면을 보니 교회에서 종교화 앞에 무릎을 꿇고 간절한 기도를 드리는 사람을 바라볼 때가 떠올랐다. 기억대로라면 그는 어머니를 방해하지 않았다. 그 태도와 강렬함이 두려워서. 그는 위층의 자기 방으로 가서 그 이미지를 최대한 머리에서 지우려고 애썼다.

하지만 그뒤로 그는 어머니를 유심히 지켜보지 않을 수 없었다. 장 보러 갈 때 어머니는 예전에는 달려가던 길을 걷다가도 숨을 가누느라 멈춰야 했다. 예전에는 맛있게 먹어치우던 음식을 이제는 깨작거렸고 남은 음식은 냉장고로, 그다음에는 쓰레기통으로 들어갔다. 그러던 어느 토요일에 아버지가 권투 클럽에 간 동안 위층에서 숙제를 하던 엘리스는 접시가 와장창 깨지는 소리에 부엌으로 달려 내려갔다. 그가 갔을 때도 어머니는 바닥에 누워 있었고, 깨진 자기 그릇들을 미처 쓸어내기도 전에 그의 손을 잡고 이상한 말을 했다. 열여덟 살이 될 때까지 계속 학교에 다녀야 해, 그럴 거지? 그리고 그림도 그릴 거고? 엘리스? 엄마를 봐. 앞으로……

네, 그는 말했다. 네.

그날 밤 방에서, 그는 예전과 최근의 스케치북들을 살펴보면서 문제의 흔적을 찾았다. 일 년 전에 어머니를 그린 그림들과 최근에 그린 것을 비교하니 그 얼굴을 너무도 잘 아는 그의 눈에 증거가 드러났다. 눈이 퀭해졌으며 그 눈이 발하는 빛은 새벽이 아니라 황혼이었다. 살도 빠져서 관자놀이 부근의 얼굴선이 날카로웠고 코가 더 도드라져 보였다. 하지만 사실, 문제는 어머니의 손길과 눈빛이었다. 손길이든 눈빛이든 일단 그에게 머물면 놓아주려 하지 않았기 때문이다.

다음날, 그는 아침 일찍 일어나 곧바로 메이블의 가게로 갔다. 앞쪽 유리창을 닦고 있던 메이블은 그렇게 이른 시간에 나온 엘리스를 보고 놀라서, 마이클은 아직 방에 있는데, 하고 말했고 그는 엄마가 아픈 것 같아요, 하고 대답했다. 메이블은 하던 일을 멈추고 그를 앞세워 집으로 갔다. 도라가 문을 열자 메이블이 말했다, 애가 알아.

그의 아버지는 야간 근무를 했으며 그 사실에 놀라는 사람은 없었다. 그는 밤을 무서워하는 아내에게서 도망치며 아들에게 간호를 맡겼다. 메이블이 엘리스에게 기본적인 요리와 집안일을 가르쳤고, 남은 음식과 매번 다양한 스튜로 구성된 메뉴를 짜주었다. 그리고 학교가 끝나면 마이클이 엘리스와 함께 집에 가서 불을 피워 도라를 따뜻하게 해주고 이런저런 이야기로 즐겁게 해주었다.

마이클이 말했다, 들어보세요, 도라. 미시즈 콥시가 어제 가게에 들이닥쳐서 말했어요(그러고는 그녀를 흉내냈다), 콜리플라워 옆에 있는 저것은 도대체 뭐예요, 미시즈 라이트? 오크라예요. 미시즈 칸이 좀 갖다놓으라고 했어요, 하고 메이블이 대답했죠. 하지만 그 사람들은 저 아래 협동조합 지나서 자기들 가게가 있잖아요, 하고 미시즈 콥시가 또 말했어요. 그런데 미시즈 칸은 우리집에서 장 보는 길 좋아하거든요, 하고 메이블이 답했고요. 그런가보네, 미시즈 콥시가 말했어요. 하지만 쓰레기는 좀 내다버리세요, 미시즈 라이트, 안 그러면 파리가 꼬여요.

설마 그런 말을 했을까! 어머니가 말했다.

했어요, 마이클이 말했다. 그러고는 또 말했죠, 도대체 이 사람들은 영국인이 되는 법을 몰라요, 미시즈 라이트. 그러자 메이블이, 하지만 그들은 영국인이 아니잖아요, 하고 대꾸했고요. 게다가 부인은 이십 년 전에 웨일스 사람들에 대해서도 똑같이 말씀하셨죠. 안녕히 가세요, 미시즈 콥시. 파리 조심하시고요!

그러고는 마이클이 도라의 손을 잡자 다들 함께 웃었고, 엘리스는 마이클의 보살핌이 직관적이고 자연스럽다는 사실에 얼마나 감사했는지 기억했다. 자신은 어머니에게 그렇게 할 수 없었기 때문이다. 그는 마지막 인사를 해야 할 날이 언제일지 끊임없이 긴장하고 있었다.

어머니의 병은 급속히 진행되었고, 모르핀에 의지한 잠 사이에 잠깐 의식이 돌아오는 순간을 기다리며 두 아이는 항상 아이디어를 짰다.

색채와 빛에 대해 생각중이었어요, 마이클이 말했다. 어쩌면 우린 모두 그게 아닌가 싶어요, 도라. 색채와 빛 말이에요.

혹은 관심을 끌 만한 것도.

보세요, 도라. 엘리스가 저를 그렸어요, 하며 마이클이 스케치북을 들어올렸다. 도라가 손을 내밀어 아들의 손을 잡고, 엘리스는 그림을 그리는 재주가 정말 뛰어나다고 말했다. 절대 그만두지 마, 알았지? 그녀가 말했다. 약속해.

약속할게요.

네게도 약속하게 해, 마이클.

그럴게요, 도라.

엘리스가 처음으로 이상을 감지한 날로부터 두 달 만에 어머니는 병원에 입원했다. 집을 떠나며 어머니는 말했다, 나중에 보자, 엘. 잘 씻고 잘 먹는 걸 잊으면 안 돼.

그것이 마지막으로 어머니를 본 순간이었다.

엘리스는 빈집의 공허에 압도당했고, 커튼이 닫혀 있을 때 갑작스럽게 덮쳐오는 공황에서 벗어날 수가 없었다. 어떤 날에는 향수 냄새가 났는데 어머니의 것이 아닌 그 냄새에 속이 울렁거렸다. 결국 그는 가방을 꾸려 메이블의 집으로 갔다. 자신이 사라진 것을 아버지가 알아차렸는지 아닌지는 알지 못했다.

주말에 가게에서 일하면 딴생각을 할 수 있어서 좋았고 식욕도 되돌아왔다. 하지만 다시 보살핌을 받는 일상이야말로 조용한 기적을 일으켰다. 엘리스의 키가 커졌다. 사람들이 알아본 것은 그 점이었다.

그와 마이클이 가게에 있던 어느 날, 메이블이 병원에서 돌아와 도라가 죽었다고 말했다. 마이클은 방으로 뛰어올라갔고, 엘리스는 그 뒤를 따라가고 싶었지만 다리가 움직이지 않았다. 유년기의 끝을 알리는 갑작스러운 마비의 순간.

엘리스? 메이블이 불렀다.

그는 말을 할 수가 없었다, 울 수도 없었다. 바닥을 빤히 바라보면서, 그저 뭐라도 붙잡을 게 필요했기에 어머니의 눈 색깔을 기억하려 안간힘을 썼지만 기억나지 않았다. 나중에야 마이클이 녹색이라고 말해주었다.

장례식 날, 그들은 식탁 앞에 서서 말없이 샌드위치를 만들었다. 엘리스가 버터를 바르면 메이블이 속을 채워넣고 마이클이 빵을 잘랐다. 방안에서 유일하게 소리를 낸 사람은 작업용 가죽장화를 닦는 그의 아버지였다. 뻣뻣한 솔이 구두코 위를 긁는 성난 소리. 다가오는 시간을 알리는 시계 소리를 배경으로 끊임없이 침을 뱉는 날카로운 소리. 밖에서 멈춰 서는 영구차.

로즈힐 예배당에서 엘리스는 맨 앞줄 아버지 옆자리에 앉았다. 오르간소리가 너무 크고 어머니의 관은 너무 작아 보였다. 이따금 집에서 맡았던 향수 냄새가 나서 뒤돌아보니, 과산화수소수로 물들인 금발에 상냥한 미소를 띤 여자가 뒷자리에 앉아 있었다. 그녀가 몸을 앞으로 기울이며 속삭였다, 잊지 마, 엘리스, 아빠에겐 네가 필요해. 그건 어머니의 죽음만큼이나 충격적인 선언이었다. 그는 자리에서 일어섰고, 너무도 본능적인 그 행동에 자신마저 깜짝 놀랐다. 세월이 흐른 뒤, 엘리스는 그날 오후에 사람들의 속삭임과 시선을 뒤로하고 교회를 걸어나오면서 평생 분량의 용기를 다 써버렸다고 믿게 되었다.

엘리스가 강가로 가는 차를 얻어 탔을 때 차 안의 남자가 말했다, 기운 내, 친구! 장례식에라도 갔다 온 사람 같잖아. 이에 엘리스는 정말로 갔다 왔다고, 엄마의 장례식이었다고 말했고, 그러자 그 남자는 이런, 하더니 그뒤로는 아무 말도 하지 않았다. 이플리로크*의 수문 근처까지 데려다준 남자는 차에서 내리는 엘리스에게 5파운드 지폐를 한 장 내밀었다. 무슨 돈이냐고 묻자 남자는 모

---

* 옥스퍼드 남쪽 교외에 있는 템스강의 수문.

르겠다고 말했다. 그냥 받아, 그가 말했다.

엘리스는 수문을 건넌 후 예선로曳船路를 따라 걸어서 롱브리지스 물놀이터로 갔다. 그와 마이클이 가장 즐겨 가는 곳이었다. 나무들은 가을을 다 보냈고 이젠 추워야 할 때였지만, 계절에 맞지 않는 따뜻한 바람이 도닝턴브리지 아래로 그를 따라오더니 거위들을 한데 모아 하늘로 날려보냈다.

물놀이터에는 사람이 아무도 없었다. 그는 계단 옆에 앉았다. 오리들의 울음소리, 기차 소리, 철썩철썩 노 젓는 소리. 계속되는 삶의 소리들. 태양이 언제 다시 뜨겁게 비출까 그는 생각했다. 한 시간 뒤에 마이클이 다리 위에 나타나 큰 소리로 부르더니 그를 향해 달려왔다. 마이클이 가까이 오자 엘리스가 물었다, 엄마 없이 우린 어떡하지?

마이클이 말했다, 우린 계속 살아갈 거고 포기하지 않을 거야. 그가 무릎을 꿇고 엘리스에게 키스했다. 그들의 첫 키스였다. 나쁜 날에 일어난 좋은 일.

둘은 조용히 앉아 있었다. 죽음에 대해서나 키스에 대해서, 혹은 인생이 어떻게 바뀔 것인지에 대해서는 이야기하지 않았다. 그들은 끊임없이 변하는 태양의 색깔을 바라보았고, 짙은 그림자는 그들의 슬픔을 엿들었으며, 새소리의 생생한 데스캔트*는 서서히

---

* 다성음악에서 가장 높은 음을 내는 성부.

가라앉아 상상할 수 없는 정적으로 변했다.

무엇 때문이었는지 엘리스가 문득 고개를 들었을 때 아버지가 다리에서 그들을 지켜보고 있었다. 아버지가 거기에 얼마나 오래 있었는지 모르면서도 그는 긴장으로 뱃속이 꼬이는 것 같았다. 키스하는 모습을 아버지가 보지 못했다는 것은 알았지만, 둘이서 몸을 맞대고 앉은 모습을 보지 못했을 리는 없었다. 서로 닿은 둘의 무릎, 서로 닿은 팔, 멀어서 보이지는 않았겠지만 서로 단단히 움켜쥔 손. 아니 보였으려나? 아버지는 그 자리에 서서 외쳤다, 어서 와, 가자! 그들이 다가갔을 때 아버지는 시선을 외면하고 돌아서서 걸어가기 시작했다.

그의 아버지는 차를 험하게 몰았다. 기어가 미끄러져 풀리게 하고 급브레이크도 자주 밟았는데 그러고도 누군가를 죽이지 않았다는 게 신기할 따름이었다. 마이클을 가게 앞에 내려준 엘리스의 아버지는 아들이 따라 내리려는 순간에 말했다, 오늘밤은 안 돼, 내리지 마. 여기 있어.

집으로 가는 차 안은 침묵만이 가득해 숨이 막힐 듯했고 복통이 점점 심해졌다. 이 남자의 손아귀에서 엘리스는 한없이 표류하는 느낌이 들었다. 그를 정말로 알지 못하는 이 남자, 방금 막 교차로에서 시동을 꺼뜨리고 뒷차들이 경적을 울려대는데도 운전대 위에 고개를 숙인 채로 자꾸만 염병, 염병, 되뇌는 이 남자. 엘리스는 자동차 문을 열고 밖으로 나갔다.

밤이 올 때까지 그는 정처 없이 걸었다. 감자튀김을 사서 거리의 벽에 기대앉아 먹었다. 어머니가 무척 창피하게 여길 만한 짓이었다. 그러다 아버지가 침대나 위층 바닥에 쓰러져 자고 있을 거라는 확신이 들었을 때에야 집에 돌아갔다.

현관에 들어섰을 때 불은 모두 꺼져 있었다. 조용히 맨 아래 계단에 발을 올린 순간, 말소리가 들려 깜짝 놀란 그는 거실의 어둠 속으로 돌아갔다.

여기다. 아버지가 옆에 있는 키 큰 스탠드를 딸깍 켜며 말했다. 그가 소파에서 일어나자 비닐 커버가 정전기를 일으키며 타닥거렸다. 그의 손에는 엘리스의 스케치북 하나가 들려 있었다.

갈수록 물러지고 있어, 아버지가 책장을 획획 넘기며 말했다. 네가 얼마나 물러졌는지 봐라, 하면서 그는 바닥에 스케치북을 내던졌다. 마이클을 그린 면이 펼쳐졌다.

아버지가 말했다, 내가 한마디 하지. 네가 하고 싶은 일과 하게 될 일은 전혀 별개의 문제야. 내후년에 학교를 그만둬라.

안 돼요, 엘리스가 말했다.

자동차 공장에 수습공 자리를 마련해뒀어.

엄마가 말하길—

—엄마는 여기 없어.

열여덟 살까지만 다니게 해주세요. 제발요.

방어 자세 취해.

열여덟 살까지만요. 그뒤론 뭐든 할게요.

방어. 자세. 취해. 가르쳐. 준. 대로.

엘리스는 마지못해 주먹을 올렸다. 그가 지켜보는 동안 아버지는 작업용 장화를 들어올려 딱딱한 가죽 밑창이 그를 향하도록 한 손에 한 짝씩 끼웠다.

당장, 그의 아버지가 말했다. 펀치.

네?

내 손에 펀치를 날리라고.

싫어요.

염병할 펀치를 넣으란 말야. 어서 해.

펀치 넣으라고 했다.

그래서 엘리스는 펀치를 날렸다.

그는 전화기 다이얼을 돌리기는 고사하고 수화기를 들기도 힘들었다. 하지만 삼십 분 후, 메이블이 문밖에 서 있었고 그녀의 코트 아래로 잠옷 자락이 언뜻 비쳤다. 엘리스는 메이블이 집으로 걸어들어와 레너드 저드에게 저리 비키라고, 그리고 자기가 준비를 다 마칠 때까지 아무 말도 하지 말라고 했던 그때를 기억했다. 그녀는 엘리스와 함께 위층으로 올라가 가방에 옷가지 몇 개와 교과서를 집어넣었다. 그러고는 그를 밖에 있던 밴에 태워 가게로 돌아갔다.

신호등 앞에서 멈춰 섰을 때 메이블이 말했다, 적당한 때를 기다려라, 엘리스.

엄마는 제가 그림을 그리기를 바랐어요, 그가 말했다.

꼭 캔버스가 있어야만 그림을 그릴 수 있는 건 아냐, 그녀가 말했다. 내가 예전에 알던 어떤 판금장이는 수리할 자동차들을 자기가 직접 조각한 작품처럼 여기면서 일했단다. 받아들이거라, 애야. 받아들여.

차가 가게 앞에서 멈췄다. 뒤편의 커튼 틈으로 부엌의 희미한 불빛이 새어나왔다. 메이블이 말했다, 내가 여기 있는 한 네겐 언제나 집이 있어. 알겠니? 여기 네 열쇠다. 부엌에 있는 고리에 걸어놓을게. 마음의 준비가 되면 가져가라.

고마워요, 메이블.

부엌의 시계가 두시 십칠분을 가리켰다. 메이블은 냉장고를 열고 제빙기 속 얼음을 헝겊에 감쌌다. 이걸 손에 대고 있어, 그녀가 말했다. 헝겊 뭉치를 받아든 엘리스는 그녀를 따라 계단을 올라갔다.

엘리스는 메이블의 방 앞에서 잘 자라고 말한 뒤 계속해서 맨 위층 침실로 올라갔다. 문을 열자 방은 어두웠고 안에서 마이클의 냄새가 났다. 침대 위에 앉아 있는 그의 몸이 컴컴한 형체로 눈에 들어왔다. 엘리스는 다가가서 마이클 옆에 누웠다.

아버지가 학교를 그만두게 할 거래, 엘리스가 말했다. 난 공장에 가게 될 거야. 아버지가 그랬던 것처럼. 그전 사람들 모두 그랬던 것처—

—쉿, 마이클이 말했다. 그가 얼음을 가져가 손에 대주었다. 아버진 마음을 바꾸실 거야, 그가 말했다. 우리가 그렇게 되게 할 거야. 메이블이 그렇게 하실 거야.

그렇게 생각해? 엘리스가 말했다.

그렇게 생각해, 마이클이 말했다.

그리고 집이 고요해졌을 때 그들은 한 침대에서 잤다. 그들은 키스를 하고 윗옷을 벗었다. 한 시간 전만 해도 절망에 빠져 있던 엘리스는 사람의 몸이 그렇게 좋은 느낌일 수 있다는 사실이 믿어지지 않았다.

석 달이 지나고 나서야 엘리스는 아버지에게 돌아갈 수 있겠다고 느꼈는데, 돌아가서 보니 사정이 달라져 있었다. 과산화수소수 금발이 들어와 살고 있었고, 그녀의 향수는 익숙하고 진했으며, 그녀에게는 이름이 있었고, 그 이름은 캐럴이었다. 엄마 의자에 캐럴이 앉아 있었고, 그림은 벽에서 사라졌다. 잘 돌아왔다, 아들, 그의 아버지가 말했다.

똑딱거리는 시계 소리가 끼어들어 엘리스는 현재로 돌아왔다. 텅 빈 벽을 빤히 바라보았다. 직소 퍼즐의 조각들, 이제 과거는 그런 것에 불과했다. 아버지와 캐럴이 즐거운 휴가를 보냈기를 기원하는 쪽지를 써서 테이블 위에 세워두었다. 그런데, 그는 쪽지 말미에 덧붙여 썼다. 엄마의 그림이 어디로 갔는지 혹시 아세요?

현관문을 닫고 나오니 가랑비가 얼굴을 스쳤다. 가로등 불빛이 축축한 어둠 속에 떠 있었고, 잠시 그는 시계가 앞으로 돌려지는 때가 언제인지 생각했다. 하늘이 밝으면 기분도 밝아지리라는 것을 그는 알았다.

엘리스는 팔의 깁스를 새것으로 갈고 6주 휴가 진단서를 추가로 받아 골절 병원을 나섰다. 그로 인한 자유에 기분이 들뜨면서 오래도록 느끼지 못한 목적의식이 생겼다. 그는 곧바로 집에 가지 않고 헤딩턴으로 가서 절실했던 장보기를 하기로 했다. 스테이크용 고기와 생선과 채소를 샀고 상상력을 발휘해 이 재료들을 활용할 직정이었다. 와인 한 병(비틀어 따는 뚜껑)을 산 뒤에는 빵집에서 빵(잘라놓은 것)을 샀다. 뒤늦게 생각이 나서 꽃도 샀고, 길 건너에 새로 생긴 카페에서 진한 에스프레소도 샀다. 커피는 아직 뜨끈한 바나나 빵 한 조각과 함께 밖으로 가지고 나왔다.

날씨는 계속 흐렸지만 비가 올 것 같지는 않아서, 그는 계속 걸어다녔다. 홀리트리니티교회 문 앞에 도착했을 때는 쇼핑백이 무겁게 느껴졌고 다리의 멍 때문에 걸음도 느려졌다. 그는 벤치에 앉아 교회 묘지를 바라보았다. 눈이 내린 뒤라 묘지가 황량해 보일 거라 생각했는데, 이젠 3월이어서 벌써 수선화가 도도하게 피어 있었다. 저쪽 왼편으로 애니의 무덤이 보였지만 우선 그는 커피를 마시고 케이크를 먹었다. 계피맛이 깜짝 놀랄 만큼 강했다.

교회 묘지는 애니가 좋아하는 독서 장소 가운데 하나였다. 외진 곳에 있었지만, 여름날이면 그녀는 자전거를 타고 애써 그곳을 찾았다. 꽃가루가 날려 흐릿한 공기, 등뒤에서 들리는 오르간 연주 연습 소리, 그 너머 들판에서 이따금 들려오는 꿩 울음소리. 그런 것들 때문에 그들은 그곳에서 결혼식을 올리기로 했다.

완벽하기보다는 현실적이었던 결혼식. 마이클은 그 결혼식을 그렇게 묘사하고 싶어했는데 그의 말이 맞았다. 애니의 드레스는 파격적이었다. 무릎 길이, 흰 면직물에 남색 자수, 프랑스제 빈티지. 마이클이 그녀를 런던에 데리고 가서 산 것이었다. 메이크업도 그가 도와주었다. 볼 위로 떠오르는 행복을 돋보이게 하는 색깔들. 애니는 마이클의 손을 잡고 식장에 들어가고 싶어했지만 엘리스가 이미 그를 신랑 들러리로 찍어둔 뒤였다. 둘 다 할 수 있어, 마이클이 열의에 차서 말했다. 너무도 갑작스럽게, 마이클이 중심이 된 그 결혼식.

결국 메이블이 그 역할을 함으로써 전통을 기분좋게 비틀었다. 메이블은 격식을 갖춰 신부의 손을 넘겨주며 엘리스에게 속삭였다. 애니에게 잘해야 한다.

남편과 아내가 된 그들은 마리아 칼라스가 부르는 〈오 사랑하는 나의 아버지〉에 맞춰 식장을 걸어나왔고, 그 선곡에 대해 사람들 사이에 여러 말이 오갔다.* 간간이 햇빛이 비치고 작은 무리의 친지와 가족이 모여 있는 교회 밖 마당까지 칼라스의 목소리가 신랑 신부를 따라왔다. 아름다웠다, 연극 무대 같았다. 그것은 마이클과 애니의 아이디어였다. 기억에 남는 것은 모두 두 사람에게서 나왔지, 엘리스는 생각했다. 정체된 공기 속에서 색종이 조각들은 뿌린 자리에 그대로 내려앉았고 사람들은 머리와 어깨가 분홍색으로 물든 채 사진을 찍었다.

커피를 다 마신 그는 C. S. 루이스의 무덤을 찾아다니는 미국인 관광객 무리를 지켜보았다. 근처에 표지판이 있으니 곧 찾겠지, 그는 생각했다. 그러고는 자리에서 일어나 쇼핑백을 들고 묘지 사이로 걸어들어가서, 나무 한 그루 뒤편에 색채의 향연이 펼쳐진 곳으로 다가갔다.

흰색과 노란색이 섞인 수선화를 보고 아버지의 작품임을 알아보았다. 바닥을 덮도록 심은, 아직 꽃이 피지 않은 물망초까지, 그 인간은 정말이지 넌더리나게 빤했다. 엘리스는 화가 치밀었지만 그래선 안 된다고, 다정한 마음의 표현 아니냐고 생각했다. 아버지는 애니를 사랑했다. 나는 가져보지 못한 딸 같은 아이, 아버지는 애니를 그렇게 묘사했다. 언제라도 상투적인 표현을 쏟아낼 수 있는 그 입. 엘리스는 그렇게 분노에 찬 남자의 마음에 어떻게 꽃과

---

* 〈O mio babbino caro〉. 푸치니의 오페라 〈잔니 스키키〉의 아리아로, 딸이 제 사랑을 이루고자 아버지에게 사기에 가담하라고 협박하는 내용을 담고 있다.

보살핌의 자리도 있을 수 있는지 이해하기 어려웠다. 엘리스가 더 어렸을 때 캐럴은 아버지의 복잡한 성격에 대해 설명하려고 했었다. 집어치워요, 그가 캐럴에게 처음이자 마지막으로 한 거친 말이었다. 내가 욕먹을 소리를 했구나, 하고 말한 그녀는 다시는 그런 시도를 하지 않았다.

죄책감. 그가 느낀 감정, 그가 화가 난 이유는 바로 그것이었다. 언제 여기에 마지막으로 왔는지 기억나지 않았다. 그는 땅이 축축한데도 바닥에 주저앉았다. 가운데 항아리에 분홍색 장미 다발을 꽂았다. 제철이 아닌데 억지로 불려나온 듯 장미는 꽃송이가 작고 단단히 말려 있었다. 냉장된 채로 네덜란드에서 건너와 아직 충격에 빠져 있는 거라고 그는 생각했다. 비석에 적힌 그녀의 이름을 보면 여전히 믿을 수가 없고 슬펐다.

예전에 그는 애니가 좋아할 만한 꽃을 심으며 위안을 얻었다. 언젠가는 한 가지 주제로, 예컨대 전부 빨간색과 그 계열의 색깔로만 꾸민 적도 있었지만 문착*이 밝은색 꽃잎을 굉장히 좋아한다는 사실을 알고는 그만두었다. 하지만 어쨌든 그는 이곳에 왔고, 가장 중요한 사실은 그것이었다. 비석들로 이루어진 삭막한 풍경, 그가 마주한 그것은 현실이었다. 그는 루이스의 묘지에 온 사람들이 루이스가 존 F. 케네디와 같은 날에 죽었다고 말하는 걸 듣곤 했

* 동남아시아 원산의 작은 사슴.

다. 그렇다, 그 둘은 정말로 같은 날 죽었다. 하지만 세상이 케네디의 죽음을 애도하는 동안 루이스의 죽음은 세상에 잊혔다. 때로 한눈을 팔고 나서 보면 사정이 변해 있기도 하니까. 한 달에 한 번 정도, 이 묘지에는 밝은색 화환으로 장식된 새 무덤들이 나타났고, 엘리스는 그 슬픔을 알아보았다. 그도 그들도 혼자서만 슬픔을 겪는 것이 아니라는 사실을 일깨워주는 변화.

그러다가도 기억이 닿을 수 없는 곳으로 흘러가버리면 그는 공황에 빠지곤 했다. 그러면 몇시든 상관없이 한밤중에 사람들에게 전화를 걸었다.

예전에 저녁 먹으러 왔을 때 애니가 무슨 음식을 했지? 그는 물었다.

엘리스…… 지금 몇시인지 알아?

애니가 무슨 음식을 했어?

전화는 끊어졌다. 시간이 지나자 친구들과의 관계도 끊어졌다. 오로지 캐럴만이 계속 전화를 받았다.

엘?

캐럴이 침대에서 나오는 소리가 아련히 들렸다.

왜 그래, 엘?

애니 말이에요. 요리하면서 자주 부르던 노래가 있었는데 그게 뭐였는지 모르겠어요. 그게 뭐였는지 모르겠어요. 캐럴, 알아야 하는데—

―프랭크 시나트라야, 엘, 〈Fly Me to the Moon〉.

〈Fly Me to the Moon〉!

애니는 항상 중간쯤 가다 음정이 틀려서―

―아 맞아요, 그랬죠?

사실 노래를 정말 못했지, 이런 말 해도 될지 모르겠다만.

아, 정말 못했어요.

기억하니, 엘? 우리 여섯 명이 메이블의 가게 건너편 이탈리안 식당에서 저녁을 먹었을 때?

기억나는 것 같기도 하고요.

네 아버지가 맥주만 마신 건 와인 이름을 발음하지 못해서였지.

엘리스가 웃음을 터트렸다.

내가 좀 짓궂었네. 그게 네 약혼식 식사였던가―

―그래요, 그런 것 같아요.

너는 테이블 한쪽 가운데 자리에 앉았어. 그리고……

―제 옆에는 누구였죠?

마이클과 메이블. 그리고 나와 네 아버지와 애니는 반대편에 앉았지. 프랭크 시나트라 노래가 메들리로 흘러나왔어. 명곡들 모두. 〈You Make Me Feel So Young〉〈I've Got You Under My Skin〉〈New York, New York〉…… 바로 그때 네가 거기로 신혼여행을 갈 거라고 우리에게 말했어. 그런데 바로 다음에 나온 노래가―

―〈Fly Me to the Moon〉, 엘리스가 대답했다. 애니가 일어섰는데 술에 취해서 와인병을 마이크로 썼죠. 마이클이 함께 노래를 불렀고요, 그렇죠?

아, 둘 다 정말 행복해했어, 엘. 정말 바보 같고, 정말 행복하고.

엘리스는 일어서서 바지에 묻은 흙을 털었다. 쇼핑백을 집어들고 걸어나가려다 멈춰 서서 항아리의 꽃다발에서 장미 한 송이를 꺼내 루이스의 무덤에 갖다놓았다. 제 아내가 드리는 겁니다. 그는 그렇게 말하고 교회 묘지 입구로 걸어갔다.

집시 레인에 도착해 버스에서 내렸을 때, 구름이 낮게 드리운 하늘이 갑자기 비를 뿌릴 것 같았다. 쇼핑백이 팽팽하게 처져서 집에 도착하기 전에 찢어지지 않을까 걱정스러웠다. 사우스파크는 조용했고 쇼핑백만 아니라면 초저녁 산책을 해도 좋을 것 같았다. 그는 봉지를 올려 팔에 안고 걸음을 재촉했다.

처음에는 알아차리지 못했다, 덤불에 반쯤 가린 채 앞뜰에 놓여 있는 게 무엇인지. 그러다 대문에 다가간 그는 안녕, 자전거! 하고 말한 뒤 감사할 사람을 찾아 주위를 둘러보았다. 힐탑 로드에서 디비니티 로드까지 걸어가봤지만 아무도 보이지 않았다. 모르는 사람의 친절한 행위. 그는 무릎을 꿇고 체인과 기어를 살폈다. 타이어 가장자리에 살짝 긁힌 자국, 그게 전부다. 앞바퀴를 돌려보니 완벽하게 돌아갔다. 현관문을 열고 식탁에 쇼핑백을 내려놓았다.

자전거를 현관 안쪽으로 굴려 가서 계단 아래에 놔두었다. 그날 저녁 늦게, 그는 자전거를 뒷방으로 가져가 벽난로 가까이에 두었다.

뜰을 치우며 며칠이 흘렀다. 마음을 고요하게 하고 할일을 생각하며 잠자리에서 일어날 수 있게 해준 더딘 한 손 작업. 그는 밖에서 아침을 먹으며 그날의 도전 과제를 정했는데, 새벽 비와 진흙 냄새가 묘하게 상쾌했다.

전지가위는 차고에서 찾았다. 마루판도 거기에, 차 옆의 벽에 기대어 쌓여 있었다. 참나무 냄새가 아직도 알싸하고 향기로웠다. 그는 마루판 한 장을 빼내 옆으로 돌려 얼마나 반듯한지 살펴보았다. 나뭇결에 코를 가까이 댔다. 언제나처럼 나무 냄새가 흥분을 불러일으켰다. 지금이라도 뒷방에 마루를 깔 수 있을 텐데, 그는 생각했다. 다시 목공 일을 할 수도 있겠지. 나무를 잘 다룬다고, 솜씨가 좋다고, 두 사람 다 칭찬했었지. 내가 잘하는 일들이 있긴 해, 그는 생각했다.

엘리스는 라디오를 뜰로 가지고 나와 낮은 음량으로 켜놓았다. 검은딸기나무 가지를 조금씩 쳐내고 잘라낸 가지를 퇴비 자루에 담으며 앞으로 나아갔다. 제이미가 울타리 너머로 몸을 내밀며 도움이 필요한지 물었다. 엘리스는 고맙지만 괜찮다고 대답했으나, 조금 뒤에 제이미는 머그잔에 진한 차를 담아 비스킷과 함께 가지고 나왔다. 그러고는 울타리 아래로 기어들어와 엘리스와 함께 벤치에 앉았고 둘은 함께 럭비 이야기를 했다.

손목과 팔꿈치가 뻣뻣해져서 하루분의 일을 다 마치지 못한 채로 오후가 되자, 엘리스는 자신이 관광객의 길이라고 이름 붙인 곳을 걸어 시내로 갔다. 더플레인 교차로와 모들린브리지를 지나 로즈 레인으로 꺾어 내려가 목초지로 들어간 다음, 폭풍에 쓰러진 나무에 기대어 담배를 한 대 피웠다. 학생들이 조깅을 하며 지나갔고 관광객들은 몽상에 잠겼다. 템스강에 가까워지자 그는 갑자기 강 건너로 가고 싶어졌다.

폴리브리지를 건너니, 오후의 마지막 햇빛에 유니버시티 칼리지 보트하우스가 금빛으로 빛났다. 멀리에서 떠나가는 런던 기차 소리, 거위 소리, 물을 철썩이며 노 젓는 소리. 그에게는 세월이 흘러도 변치 않는 친숙한 소리였다.

예전에 롱브리지스 물놀이터였던 곳에 자라난 덤불의 어두운 그림자가 그를 가차없이 끌어당겼다. 그와 마이클의 장소였던 곳, 어른이 될 때까지도 쭉 그들의 것이었던 곳. 물놀이터는 최근 몇 년간 폐쇄되었는데, 그새 자연이 그토록 신속히 세력을 확장한 것을 보고 그는 깜짝 놀랐다. 콘크리트 모서리에는 물로 내려가는 계단이 아직 달려 있었지만 뒤편의 화장실에는 이제 지붕도 없고 쓰레기만 가득했다. 이곳을 '해수욕장'이라고 부른 적이 있다는 사실을 상상하기 힘들었으나, 실제로 그들은 그렇게 불렀다.

두 소년의 우정이 시작된 첫 여름에 기온이 21도를 살살 넘어가고 있을 때, 그들은 자전거를 타고 그곳에 가서 풀밭을 가득 채운 몸들 사이로 끼어들었다. 팔을 머리 뒤에 대고 일광욕을 했고 템스 강의 유혹적인 물결 속에서 몸을 식히기도 했다. 마이클이 사실은 수영을 못하면서 할 줄 안다고 으스대던 때가 떠올랐다. 마이클은 수영에 관한 모든 것을 책에서 읽었다고 말했고, 책 속의 글을 징검다리 삼아 건너가면 경험의 강둑에 다다를 수 있을 거라고 확고히 믿었다. 하지만 그러지 못했다. 마이클이 수영을 할 수 있게 되기까지는 여름 한철이 더 걸렸지만, 그전에도 물에 뜰 수는 있었다. 마이클이 얼굴을 아래로 향한 채 강물에서 팔다리를 넓게 벌리고 떠 있으면 사람들은 웃으며 바라보았는데, 그러다가 너무 오래 움직임이 없으면 웃음은 공황으로 바뀌기도 했다. '시체 뜨기', 그가 그런 이름을 붙인 이 동작은 길고 피로한 자전거 여행 후 생존을 위한 자세였다.

저무는 오후가 긴 그림자를 드리우면, 두 소년은 젖은 몸에 몽롱한 정신으로 다시 자전거에 올라 안장 위에서 셔츠 자락을 흩날리며 바람에 몸을 말리고 메이블의 가게로 돌아갔다. 여름이 끝나자, 실팍진 구릿빛으로 변한 그들의 몸은 전보다 조금 더 많은 공간을 차지하게 되었다. 여름이 끝나자, 그들은 떨어져서는 살 수 없는 사이가 되었다.

엘리스는 하늘을 쳐다보았다. 거위들이 이플리 쪽으로 날아오른 것을 본 그는 새들의 대형이 나무 뒤로 사라질 때까지 계속 눈으로 좋았다. 저녁 어스름이 빠르게 다가오면서 연못들이 검게 변했고, 가라앉은 해는 기만적인 추위에 자리를 내주었다. 그는 재킷을 여미고 눅눅한 풀밭을 밟고 걸어가 다리와 예선로에 다다랐다. 웅덩이들의 거무스름한 가장자리가 얼어붙으려는 것처럼 반짝거렸고 운하의 배들은 굴뚝으로 연기를 넉넉히 뿜어냈다. 앞쪽 보트하우스의 위층 방에서 요란한 록 음악이 울려퍼졌다. 젊은 남자가 로잉머신*에 홀로 앉아 음악의 박자에 맞춰 노를 저었다. 웃통을 벗은 그의 근육이 인공조명을 받아 도드라져 보였다. 엘리스는 걸음을 멈췄다. 마이클이 바로 옆에 있는 느낌이 들었다, 그의 냄새까지 나는 듯했다. 그리움이 저지르는 유난스러운 변덕. 그는 마이클에게 둘이 소원하게 지냈던 몇 년간의 이야기를 하고 싶었다. 마이클이 돌아온 뒤의 몇 달 동안에는 하지 못했던 그 이야기를. 혹은 빈방으로 달려가 서로의 몸을 불안스레 탐색하던 청소년기의 순간들에 대해, 그때 그들이 공유했던 막연한 일체감과 그에 뒤따르던 똑같은 분량의 수치심과 기쁨에 대해. 그리고 참 많은 일이 일어났던 프랑스에서의 아흐레와 그때 둘이서 세웠던 계획에 대해서도. 엘리스는 그 계획을 애초에 세운 적도 없다는 듯, 혹은 전혀 중요하지 않다는 듯 모른 척했고, 왜 그랬는지는 자신도 이해할 수 없었다. 언젠가 애니에게 그 얘기를 하려 했던 적이 있었다.

---

* 노를 젓는 동작을 모방해 만든 운동기구.

애니는 엘리스에게 왜 그리 화가 나 있느냐고 물었다. 애니는 여자들이 남자들에게 묻곤 하는 것들, 그가 어떻게 얘기해야 하는지 모르는 것들에 대해 물었고, 그는 자신의 혼란도 불편한 마음도 어떻게 설명해야 할지 몰랐다. 하지만 부드럽게 활짝 열려 있던 그녀의 눈빛, 나에게는 뭐든지 얘기해도 괜찮아, 하고 말하던 그 눈빛만은 기억했다. 얘기해도 괜찮았을 것이다, 그때도 그는 알고 있었다. 하지만 말하지 않았다. 그리고 이제 여기에서 '노를 젓는 어둠 속의 미남'을 응시하는 그의 옆으로 개를 산책시키는 사람들이 지나가고 학생들은 그의 눈빛을 욕망으로 오해했다. 모든 게 다 중요했어, 그는 말하고 싶었다. 넌 내게 중요했어, 그렇게 말하고 싶었다.

그들은 어른이 되어서도 여기 오곤 했고, 둘이서만 올 때도 많았다. 애니는 두 친구가 함께 있을 시간이 필요하다고 말하며 언제나, 특히 결혼한 이후로는 더욱 그들에게 시간을 주려고 애썼다. 뭔가 바뀐 것을 감지한 사람, 마이클이 그들에게 숨기는 게 있다는 것을 알아챈 사람은 애니였다. 마지막으로 마이클을 만난 게 언제야, 그녀가 물었다. 삼 주쯤 됐어, 그는 대답했다.

세상에, 엘, 넌 사람들에게 더 잘해야 해.

마이클과 함께 예선로를 따라 물놀이터 연못으로 걸어갔던 어느 날이 떠올랐다. 연못에 도착해서는 둘 다 그곳이 너무 많이 변해버렸다고 입을 모았다. 3월이었는데도 그곳에는 고요한 황량함이 있었다. 이제는 기회를 엿보는 노출증 환자들이나 거기 내려와

딸딸이를 친다. 그것은 마이클의 말이었고, 이때 그의 얼굴은 예의 그 삐딱한 웃음으로 환히 빛났다. 하지만 엘리스의 기억에 그 황량함은 그들의 기분을 반영한 것에 더 가까웠다.

마이클이 옥스퍼드를 떠난다고 말한 것도 그때였다. 엘리스는 물었다. 언제? 그러자 마이클이 대답했다. 곧. 어디 가는데? 하고 엘리스가 묻자 마이클은 멀리는 아니고, 그냥 런던, 하고 말했다. 하지만 돌아올 거지? 물론 돌아오지, 마이클이 말했다. 주말마다. 어떻게 안 올 수 있겠어?

그는 정말로 돌아왔다. 주말마다. 메이블이 죽을 때까지, 그러고는 오지 않았다. 그는 붐비는 런던의 거리를 걸어가는 수백만의 사람들 속으로 사라져버렸고, 엘리스는 이유를 알 수 없었다. 처음에는 그와 애니에게 소호 이딘가의 주소가 있었다. 하지만 그들이 어떤 소식을 보내도, 날아간 새는 아무런 전갈도 물지 않고 되돌아왔다.

이런 짓 그만두자, 어느 날 밤에 애니가 말했다. 가서 마이클을 찾아.

싫어, 엘리스는 말했다. 꺼져버리라고 해.

그걸로 끝이었다. 육 년을 허비한 냉전.

마이클의 부재는 엘리스도 애니도 예측하지 못한 방식으로 둘 사이의 균형을 깨트렸다. 마이클의 활력과 세계관이 사라지자, 그들은 둘 다 결코 되고 싶지 않았던 유형의 부부, 현실에 적당히 안주한 부부가 되었다. 서로에게 별 요구를 하지 않았고 대화는 침묵으로 바뀌었다. 비록 편안하고 익숙하긴 했지만, 엘리스는 마음을 닫았다. 자신이 그러고 있다는 것을 알면서. 마음의 상처는 분노로 변해, 잠에서 깰 때나 잠들기 전에 나타났다. 마이클이 없으니 삶이 전처럼 재미있지 않았다. 그가 없으니 삶이 전처럼 다채롭지 않았다. 그가 없는 삶은 삶이 아니었다. 그때 엘리스가 그렇게 말할 수 있었다면 마이클은 돌아왔을지도 모른다.

오 년간 그런 생경한 막간의 세월을 살던 어느 날—기이하게도—십대 아이들의 자극을 받고 엘리스는 삶으로 되돌아왔다. 그는 카페에 앉아 근처 테이블에 모인 아이들을 바라보고 있었다. 그들은 시끌벅적하게 떠들며 서로의 몸에 기대어 편안히 늘어져 있었는데, 그렇게 멋있는 척과 차라리 그보다 더 매력적인 실없는 짓들을 서투르게 오가는 모습을 그는 즐거이 지켜보았다. 하지만 그가 강한 인상을 받은 것은 아이들의 호기심과 서로에 대한 집중, 즐거움의 자연스러운 상호작용이었다. 그는 아이들에게서 관찰한 것들을 쪽지에 적었다. 아이들의 특징, 장난기, 그가 타인과의 관계에서 포기했다고 생각했던 것들을. 그러고 나니 고마운 마음이 우러나, 계산대로 가서 아이들이 커피와 케이크를 한번 더 먹을 수 있도록 조용히 값을 치렀다.

밖으로 나와 유리창 앞을 지나며, 그는 음식이 가득 담긴 쟁반을 받은 아이들의 어리둥절함과 웃음을 보았다.

그는 곧바로 여행사로 가서 그 쪽지를 꺼낸 다음 런던에서 비행기로 세 시간 이내의 여행지를 추천해달라고 말했다. 하지만 이 여행에는 다음과 같은 것들이─그는 소리 내어 읽었다─포함되어야만 했다. 즐거움. 경이로움. 호기심. 문화. 로맨스. 유혹.

쉽네요, 여행사 직원이 말했다.

한 달 뒤, 그들은 베네치아에 있었다.

그 갑작스러운 충동의 결과로 그들은 다시 테이블 너머로 손을 맞잡았고 이미 출발하기 시작한 바포레토*로 뛰어들었다. 작은 호텔에 숨어들었고, 석호潟湖의 오래된 숨을 들이마셨으며, 오스테리아**의 조용한 구석에 앉아서, 혹은 침대 위에 늘어진 채 목에서 고동치는 오르가슴을 느끼며 서로를 되찾았다.

어느 날 아침, 그들은 홍수 경보 소리에 잠에서 깼다. 이른아침에 그런 소리를 들으니 으스스했다. 그들은 일어나서 밖으로 나갔다. 석호 위로 실타래 같은 안개가 드리웠고, 떠오르는 해가 불같이 붉고 아름다웠다. 차오른 물 위에 나무 널판으로 된 간이 통로가 깔렸고, 그들은 멍하니 걸어다니다 리알토 시장에서 달랑 빵 한 개로 아침을 때웠다. 서로를 부추겨 에스프레소 대신 마신 와인은 완벽했다. 그리고 나서 또 걸었다. 지나가는 관광객 무리에게서 정

---

* 베네치아에서 수상 버스처럼 운행하는 소형 증기선.
** 간단한 메뉴를 판매하는 이탈리아의 간이식당.

보를 엿듣고, 완전히 떠오른 태양 아래에서 다리에 기대어 쉬며 잠시 차가운 공기로부터 몸을 피했다. 부드럽게 철썩이는 파도 소리는 도시의 음악적인 맥박이었다.

그들은 좋아하는 봉골레 스파게티로 점심을 먹고 와인을 더 마셨다. 엘리스는 『베네치아 즐기기』의 손때 묻은 책장을 펼쳐 읽었다. 호텔로 돌아가자, 애니가 웃으며 말했다. 조금만 있다가, 먼저 가야 할 곳이 있어, 하고 말한 엘리스는 계산을 마친 후 그녀의 손을 잡았고 그들은 산로코성당을 향해 천천히 걸어 틴토레토의 고동치는 심장으로 들어갔다.

스쿠올라그란데* 대회당에서, 천장과 벽에 형상으로 표현된 성경 장면들을 보고 그들은 경외감에 사로잡혀 서 있었다. 그 아름다움, 인류의 그 고통에 그들은 경이와 침묵에 잠겼다. 위층에서 애니가 의자에 앉아 울었다.

왜 그래? 엘리스가 물었다.

이 모든 것 때문에, 그녀가 말했다. 지금 이것, 그리고 아침식사로 마신 와인, 너와 나, 그냥 이 모든 것 때문에. 우리 때문에. 우리가 괜찮다는 걸, 철없이 굴어도 된다는 걸 알기 때문에. 철없이 사는 법을 가르쳐준 친구가 있잖아, 안 그래?

---

* 스쿠올라그란데는 13세기에 설립된 자선 종교 단체로 이탈리아의 예술 발전에 기여했으며 베네치아에 여러 개의 대회당을 가지고 있는데, 그중 산로코성당 옆에 있는 대회당에는 16세기 화가 틴토레토의 작품들이 전시되어 있다.

엘리스가 미소를 지었다. 그렇지.

널 사랑해, 그리고 우린 현실에 안주할 필요가 없지, 안 그래?

없지, 그가 말했다.

있지, 아직도 마이클이 생각나, 우리가 마이클에게 아직도 중요한 사람인지 알고 싶어. 이기적인 거지, 나도 알아. 그러자 엘리스가 말했다, 나도 그 녀석 생각해. 그러자 애니가 그에게 키스하며 말했다, 네가 그런 거 나도 알아. 우린 마이클을 사랑하잖아, 안 그래?

그들은 호텔로 돌아가 베네치아의 어스름 속에서 잠들었다. 잠든 자세 그대로 깨어난 그들은 아래에 있는 바에서 유리잔이 짤랑거리는 소리에 눈을 떴다. 아래층으로 내려가 창가의 테이블에 앉았다. 좁은 골목길을 따라 추위가 부루퉁하게 몰려왔고 곤돌라 사공들은 관광객들을 위해 노래를 불렀다. 등뒤로 벽난로가 켜졌고, 그들은 테이블 위로 손을 맞잡은 채 별로 중요하지 않은 이야기를 쉴새없이 나누고 함께 실컷 웃었으며, 다른 손님이 다 떠나고 나서야 바에서 나왔다. 그들은 옷을 벗고 씻지도 않은 채로 불을 끈 후 서로 껴안고 잠들었다. 그리고 한없이 퍼져나가는 잔물결에 비친 그 도시에 작별인사를 보냈다.

삼 주 후, 바다 건너에서 그들의 한탄을 듣기라도 한 것처럼 마이클이 돌아왔다. 떠날 때와 똑같이, 별 설명도 없이, 얼굴에는 바보 같은 웃음을 머금고서. 그리고 한동안 그들은 다시 그들이 되었다.

옆집에서 이른 시간부터 음악이 시작되었고 소리도 요란했다. 뜰을 내다본 엘리스는 쓰레기통 세 개가 얼음으로 채워지는 것을 보았다. 밤을 새울 모양이군, 그런 생각과 함께 문득 초조해졌다. 젠장, 지금 이럴 때가 아닌데. 제이미가 미리 양해를 구하는 말 끝에 그를 초대했었다. 대충 이런 말이었다, 오늘밤에 파티가 있어요, 엘리스. 시끄러울 텐데 죄송해요. 원하시면 언제든 오세요.

엘리스는 얼마 안 되는 옷들을 빤히 쳐다보았다. 단순한 차림으로 해, 애니라면 그렇게 말했을 것이다. 청바지, 낡은 컨버스 운동화, 연파랑 셔츠. 양말은 신을까, 말까? 그는 자기 발목을 쳐다보았다. 신자, 그는 그렇게 결정했다. 거울 앞에서 뒤로 물러서서 손가락으로 머리를 빗었다. 춤추는 시간이 있다면 그 집에서 나와야 할 테니 그런 건 없었으면 했다.

샴페인은 냉장고에서 일이 년은 묵은 것이었다. 기분을 띄우려고 충동적으로 샀지만 샴페인을 혼자 마신 적은 한 번도 없었기 때문에 그것을 마주할 엄두가 나지 않았다. 결국, 그 샴페인은 뚜껑을 열기가 두려운 거무스름한 양파 피클 단지와 함께 냉장고 안쪽에 처박혀 있었다. 그는 병을 들고 뒷문을 통해 밖으로 나간 다음, 울타리 맨 아래쪽 구멍을 비집고 들어갔다. 집 앞으로 돌아가 다른 정상적인 사람처럼 초인종을 누를 수도 있었을 텐데 왜 그런 행동을 했는지는 그 자신도 알 수 없었다. 그는 떠돌이 동물이나 은둔

자처럼 변해 있었다.

부엌에서 제이미를 찾았을 때 제이미는 그를 보고 환호하며 대략 이렇게 말했다, 다들 여기 누가 있는지 봐요! 여긴 엘리스예요, 여러분. 그뒤로 이어지는, 어때요, 엘리스? 안녕하세요, 엘리스. 만나서 반가워요, 친구, 기타 등등, 기타 등등. 음악소리가 꽤 커서 엘리스는 사람들이 그에게 뭐라고 하는지 알아듣기가 힘들었다. 그는 연신 미소를 지었고 샴페인을 땄으며 새 친구들과 다시 뜰로 나갔다. 제이미에게 지금 나오는 음악이 무엇인지 물으니 그가 라디오헤드라고, 노래는 〈High and Dry〉라고 말했다. 엘리스는 이제 음악을 거의 듣지 않는데도 이 노래는 좋았고 음반을 살지도 모르겠다는 생각까지 했다. 누군지 다시 말해줄래요? 그가 물었다.

샴페인을 마시고 우스꽝스러울 정도로 대담해진(신속히 취한) 엘리스는 자기도 모르는 사이에 우스갯소리를 하라는 요청에 응했고 모든 젊은 눈들이 그에게로 모였다. 그는 잠시 생각했다.

엘리스가 말했다, 스누커* 테이블이 웃음을 터트리게 하는 방법은?

잠깐의 정적.

볼**을 간지럽힌다.

---

* 당구 게임의 일종.
** 공을 의미하는 'ball'은 속어로 고환을 뜻하기도 한다.

결정적 한마디가 끝나고 웃음이 시작되기 전까지 잠시 침묵이 흐르는 동안, 엘리스가 집에 가야겠다, 텔레비전이나 봐야겠다 등등의 계획을 세우고 있을 때, 웃음이 터져나왔다. 그 웃음과 함께 사람들이 마지막 말을 되뇌었고 그는 이른 귀가를 면했다. 그의 한 손에는 마리화나 담배가 쥐어졌고 다른 손에는 샴페인이 다시 채워졌으며, 제이미가 그의 귓가에 바싹 다가와 함께해줘서 정말로 기쁘다고 말했다. 엘리스도 같은 기분이라고 말했다. 그러자 제이미는 내기에서 20파운드를 땄다고 말했다. 무슨 내기? 엘리스가 묻자 제이미가 말했다, 다들 형이 안 오실 거라고 했거든요. 형은 참 수수께끼 같아요.

마리화나의 효과가 뇌 속으로 조금씩 스며들자 엘리스는 환각이 나타날 때를 대비해 뜰에 있는 무리에서 벗어나 조용한 흡연 장소를 찾아 집안으로 들어갔다. 자신에게서 무엇이 튀어나올지 몰라 걱정스러웠다.

불 꺼진 텅 빈 거실을 유일하게 밝히는 것은 광활한 푸른 바다를 보여주는 텔레비전 화면이었다. 그는 소파에서 쿠션을 하나 집어 텔레비전 옆 바닥에 놓고 드러누웠다. 천장을 올려다보니 위에서 돌고래들이 뛰어올랐다. 그는 웃음을 지으며 진하고 달큰한 연기를 폐에 가득 빨아들였다.

그때 그녀가 거실로 들어왔다. 문이 열리고 복도의 노란 불빛이 문가에 선 깜깜한 형체에 후광을 드리웠다. 그녀는 문을 닫아 둘만을 안에 남긴 채 출구를 봉했다. 다가오는 형체를 바라보아도 너무 어두워서 얼굴은 보이지 않았지만, 그녀가 그의 위로 몸을 기울이고 같이 있어도 되는지 물을 때는 얼굴이 또렷해졌다. 그녀의 피부에서 나는 냄새, 비누 아니면 로션일지도 모르는 그 냄새가 정말이지 좋았다. 그녀가 예쁘다고 생각했다. 그리고 너무 어리다고도. 그녀는 그의 옆에 쿠션을 내려놓고 담배를 한 모금 빨아들였다. 둘은 서로의 이름을 말했지만 엘리스는 너무 긴장해서 그녀의 이름을 바로 잊어버렸다. 그는 돌고래와 그들의 교감 능력에 대해 아는 것을 전부 얘기했고 그녀는 아하, 아하, 하고 대답하다가 그에게 몸을 기울이고 그의 입에 연기를 불어넣었다. 그의 얼굴 위로 드리워진 그녀의 머리칼에서 소나무 냄새가 났다. 엘리스는 그녀의 활기를, 무자비하도록 솔직한 그녀의 욕망을 의식했다.

가슴에 그녀의 손길이 느껴지자 그는 심장이 터질 것 같아서 당혹스러웠다. 그녀가 그것을 느낄 수 있음을 알기 때문이었다.

겁나시나봐요, 그녀가 깔깔 웃으며 말했다.

이제 그의 눈 속에서 해달이 헤엄치고 있었다.

그녀의 손가락이 그의 셔츠 단추를 풀고 가슴 위에서 장난을 치다가 손톱으로 가슴의 털을 긁으며 배까지 내려갔다. 황홀한 느낌에 통증이 일 정도였다. 그때 엘리스는 그 손길을 막았다. 이걸로 충분해요. 그녀의 손에 키스하며 그는 말했다. 충분해.

좋아요, 그녀가 그의 셔츠 단추를 잠그며 말했다. 그럼 여기 손을 올려놓고 있는 건요. 그건 괜찮아요?

그건 괜찮아요, 하고 말한 그는 그녀의 손을 가슴에 올린 채로 잠이 들었다. 눈가에서 눈물이 흘렀다.

아침이었다. 그녀는 가고 없었다. 엘리스는 낯선 방에서 텔레비전 아래 바닥에 홀로 누워, 젊은 여자의 기분좋은 손길이 남긴 울적함을 느꼈다. 집은 고요했다. 그는 누워 있는 사람들 위를 넘어갔다. 복도에 나오자, 사랑을 나누는 소리와 코고는 소리, 손으로 가리고 조용히 전화하는 희미한 소리가 한데 모였다. 어두운 방들 저편에서 컴퓨터 화면이나 소리를 죽인 휴대용 텔레비전의 불빛이 가끔 새어나오기도 했다. 뜰에 있는 쓰레기통들은 물과 빈병으로 가득차 있었다. 그는 집에 돌아가는 수고양이처럼 울타리 아래로 다시 기어들어갔다. 곧바로 욕실로 가서 얼굴과 손을 씻는데 충혈된 흰자 위로 파란 눈이 도드라져 보였다. 아래층으로 다시 내려가 베네치아에서 애니와 함께 사온 이탈리아제 커피 주전자에 에스프레소를 끓였다. 찬장 맨 아래 칸에서 포장을 뜯지 않은 커피 원두를 발견하고 나서는 전기 분쇄기를 찾아다녀야 했다. 다른 많은 것들처럼 그것도 구석 어딘가로 밀쳐두었기 때문이다.

그는 잠에서 깨어나고 있는 뜰에 나가 커피를 마셨다. 시계가 앞으로 돌려졌다는 사실을 문득 깨달았다. 이제 공식적으로 봄이었고 새들은 그 사실을 알기 때문에 요란하게 우짖었다. 셔츠를 벗자 닭살이 돋았다. 깁스 석고 위로 손을 문질렀다. 두꺼운 검은색

펜으로 쓰여 있는 전화번호 위로. '전화하세요. 당신은 근사해요. 벡스가 사랑을 담아'라고 쓰인 글자들 위로.

사흘 후가 아버지의 생일이어서 그는 애를 좀 써보기로 했다. 새 모자, 남색의 좋은 모자를, 하이 스트리트에 있는 셰퍼드 앤드 우드워드 상점에서 샀다.

케이크가 나오기 전에 선물을 건네자 아버지는 고맙다고 말하고 곧바로 모자를 썼으며, 엘리스는 그 모습을 보고 아버지가 선물을 좋아한다는 사실을 알았다. 아버지는 모자챙을 양옆으로 돌려가며 귀 바로 위까지 푹 내려오도록 고쳐 썼다. 모자와 치아와 귀만 보이는 얼굴로 테이블에 앉아 있는 그를 보고 캐럴이 말했다, 잘 어울려, 렌.

이제 카드를 보여줘, 하고 그녀가 말하자 아버지는 생일 카드를 들어올렸다. 불안한 표정의 달걀 그림 위로 '나 곧 깨질지도 몰라'라는 글자가 쓰여 있는 카드.

재미있네, 그녀가 말했다. 안에는 뭐라고 쓰여 있어? 그러자 아버지가 테이블 위로 카드를 그녀에게 밀었다.

생신 축하드려요, 아버지, 엘리스 드림, 캐럴이 카드의 글을 읽었다. 그녀는 엘리스 쪽을 바라보며 입 모양으로만 말했다, 고마워.

둘은 생일 축하 노래를 불러주었고(아버지는 끝부분부터 함께 불렀다), 아버지는 모자를 쓴 채로 촛불을 불어 껐다. 일흔여섯 남자를 위해 꽂은 초는 일곱 개였다. 캐럴은 이유를 설명하지 않았지만 아마도 서랍에 남은 초가 그게 다였을 것이다. 렌은 케이크를 잘랐고 캐럴이 소원을 빌라고 하자 그렇게 했다. 그리고 엘리스는 생각했다. 내가 이런 남자를 두려워했다는 게 말이 되나?

케이크를 먹는 동안 그들은 거의 말을 하지 않았다. 접시를 긁는 포크 소리, 건배를 하고 맥주를 마실 때 나는 유리잔소리. 방이 더워져서 엘리스가 스웨터를 벗자, 캐럴이 속눈썹을 파닥거리며 그의 깁스를 쳐다보았다.

엘리스는 본능적으로 팔을 문지르며 말했다. 그냥 장난이에요, 캐럴. 어떤 친구가 장난으로 쓴 거예요. 이런 여자는 존재하지도 않아요.

오, 엘, 하고 말하는 캐럴은 정말로 실망한 것처럼 보였다. 괜히 난—

알아요. 그가 조용히 말했다.

난 정말로 네가 우리에게 무슨 할말이 있을 거라고 생각했어, 그녀가 말했다.

있어요, 사실.

어서 해봐, 그녀가 말했다.

일을 그만두기로 했어요. 영영 말이에요. 이걸 풀고 나면.

침묵.

빌어먹을 시계 소리. 아버지가 모자를 벗는 소리.

아, 시작이군, 엘리스는 생각했다. (지금 보니 좀 작네, 갈색이
더 나았겠군. 무슨 생각을 했던 거지? 영수증 안 버렸나?)

갑자기 그렇게? 아버지가 말했다.

아뇨, 갑자기 그러는 게 아니에요. 엘리스는 웃음을 지었다. 아
주 많이 생각했어요.

누구한테 얘기했니?

빌 매콜리프. 인사팀 사람이요.

그럼 공식화된 거냐?

네.

아버지가 맥주잔을 다 비웠다. 평생 다닐 수도 있는 직장이었는
데, 그가 말했다.

전 괜찮을 거예요, 엘리스가 말했다.

뭘 할 작정이냐?

당분간은 뜰을 가꾸려고요. 당연히 한 손으로요, 그러면서 그는
캐럴에게 윙크했다.

뜰을 가꿔? 아버지가 말했다.

마음이 고요해져요.

그의 아버지가 비웃으며 빈 맥주잔을 노려보았다. 돈은 어디서
나고? 그가 물었다.

마이클의 돈이 아직 있어요, 엘리스가 말했다.

이제 그만해, 레너드, 캐럴이 침묵을 깨고 말했다. 얘가 괜찮을

거라고 했으니 괜찮을 거야. 지금은 엘리스를 위해 기뻐해줘, 이건 명령이야. 어서 모자 다시 쓰고. 다시 잘생긴 모습으로 돌아가.

엘리스는 뒤뜰에 서서 담배를 피웠다. 자동차 공장의 불빛이 어두워지는 하늘을 갈랐다. 뒷문이 열렸다 닫히는 소리가 들렸다. 캐럴, 당연히. 보기도 전에 냄새로 알았다. 그는 아버지와 캐럴의 관계가 언제 시작되었는지 물은 적 없지만, 부모의 결혼생활과 나란히 놓인 보이지 않는 길을 밟아왔을 거라고 항상 추측했다. 엄마에게는 그림이 있었고 아버지에게는 캐럴이 있었다. 휴전.

네가 그곳에 다시 돌아가지 않는다니 난 기쁘다, 캐럴이 말했다. 그 일에 딱 맞는 사람도 있고 아닌 사람도 있지. 넌 아니었다고 생각해, 정말로 잘 맞았던 적은 없다고. 그만하면 아주 오래 일한 거다, 엘.

그는 고개를 끄덕였다.

너무 오래였다는 게 내 생각이야. 난 항상 말했다, 네가 보통 사람과 다르게 행동해야 난 안심할 수 있다고 말이야. 이곳에서 태어나 이 공기를 마시고 산다는 건 힘든 일이야. 그것은 원하든 원하지 않든 네 일부가 되지. 저 불빛이 새벽이자 황혼이 되는 거야.

엄마도 그런 말을 하셨어요.

그랬니? 예전에 우린 친구였단다.

그건 몰랐어요.

처음에는 그랬지. 그랬는데 네 엄마가 마음을 닫는 것 같았어.

너희 아빠랑 외출도 거의 안 했고. 아마 처음으로 아이 엄마가 되면서 그랬을 거야. 네 엄마에겐 너만 있으면 충분했던 것 같아. 운 좋은 도라, 우린 그렇게 말하곤 했지.

엘리스가 캐럴의 어깨에 팔을 둘렀다.

그녀가 말했다. 난 학교 문제에 대해 네 아버지 마음을 돌리려고 정말 노력했어, 아주 오래전에 말이야.

그러신 거 알아요. 항상 감사하게 생각했어요.

우리 좀 힘들었지, 안 그러니? 서로를 알아가는 일이.

이제 서로를 알죠, 엘리스가 말했다.

그렇지.

그리고 아주머니는 아버지에게 과분한 분인 거 아시죠?

알지, 캐럴이 말했고, 둘은 함께 웃었다.

아버지 괜찮으실까요? 엘리스가 집 쪽을 돌아보며 물었다.

당연히 괜찮지. 그냥 못된 인간 노릇에 길이 든 것뿐이야. 그이는 나중에 가서야 자기한테도 마음이란 게 있다는 걸 발견하는 그런 부류의 남자지. 그리고 나면 춤을 잘 추게 돼.

아버지가 춤을 춰요?

먼 데 가면 춰. 이 근처에서는 누가 볼까봐 안 추지만. 평판을 생각해야 한다나. 무슨 평판? 내가 묻지. 다들 다른 데로 이사갔는데. 네 아버지 춤을 꽤 잘 춘단다. 춤을 아주 진지하게 생각하기도 하고. 그렇게 사뿐사뿐 움직이면 자기가 무슨 영화 속에 있는 것 같나봐. 넌 행복하니, 엘?

행복이요?

맙소사! 그 말이 무슨 뜻인지도 모르는 사람처럼 말하는구나.

전…… 희망을 품고 있죠.

희망도 좋은 말이지. 넌 웃음소리가 참 좋다, 엘.

애니도 그렇게 말했어요.

인생이 때로는 이상하게 흘러가지, 안 그러니?

그나저나, 엄마 그림 찾으셨어요?

아유 세상에, 당연히 찾았지. 우리가 그걸 없애지는 않았—

—맞아요, 안 그러셨을 거라고 생각했어요.

내가 가서 네 아빠한테 물어볼게. 그런 일은 그이 소관이거든.

캐럴이 돌아서서 부엌의 불빛을 향해 되돌아갔다.

몇 분 후, 뒷문이 다시 열리고 그의 아버지가 나타났다. 엘리스는 휘청거리며 풀밭을 건너 다가오는 아버지를 지켜보면서 새 모자를 쓰고 잘 맞지 않는 재킷을 입은 모습이 아이 같다고 생각했다. 이 현대적인 세상에서 자신에 대해 도무지 확신하지 못하는 사람처럼 보인다고 생각했다. 그건 아버지가 노년이 다가오는 것을, 생각이 낡아가는 것을, 그 모든 것을 보지 못했기 때문이었다.

나와 있어도 괜찮냐? 아버지가 물었다.

네. 안 추우세요?

당연하지. 새 모자가 있는데. 모직이지?

맞아요, 엘리스가 말했다.

아직도 담배를 피우는구나?

네.

언제 피우기 시작했니? 물어본 적도 없네.

열아홉? 스물? 끊어야죠, 알아요.

난 더 어릴 때 피우기 시작했지. 다른 애들이 사탕을 먹듯이 담배를 피웠어.

그렇죠.

캐럴에게 결혼하자고 했다.

네? 방금요?

아니, 그의 아버지가 흔치 않게 웃음을 터트렸다. 지난 이십 년 동안. 항상 싫다고 하더라.

정말이요?

내가 자기 돈을 갖고 이래라저래라 하는 게 싫다는구나.

전 그냥 캐럴이 현대적인 사람이라서 그런다고 생각했어요, 엘리스가 웃으며 말했다.

맞아, 그것도 그렇지. 하지만 내가 네 허락을 먼저 받아야 한다고도 하더라.

제 허락을요?

그래서 지금 네게 그걸 청하는 거다.

허락해드릴게요.

더 생각해봐도 되는데—

—생각할 거 없어요.

나중에는 생각이 달라질지도 모르잖아.

안 그래요. 그냥 결혼하세요, 아버지. 결혼하세요.

그의 아버지는 모자를 벗고 머리를 매만졌다. 그러고는 모자를 다시 썼다. 그림은 위층에 있다, 그가 말했다.

계단참에서 엘리스는 사다리를 내리고 다락방으로 올라갔다. 그곳의 깔끔함과 질서는 그다지 놀라운 일이 아니었다. 물건들 사이로 걸어다니기 쉽도록 널빤지들이 격자형으로 깔려 있었고, 깔끔하게 쌓인 상자들 한쪽 면에는 내용물이 적혀 있었다. '리더스 다이제스트' '신발' '은행 내역서'. 아래에서 아버지의 목소리가 들렸다. 입구 바로 안쪽에 두었다. 못 찾을 수가 없을 거야.

못 찾은 거 아니라고요! 아, 젠장, 그는 나직이 숨죽여 말했다.

여기 있네요. 찾았어요, 그가 큰 소리로 말했다.

그림은 어머니의 옷으로 싸여 있었다. 오른쪽 상단 귀퉁이의 천을 살짝 당기자 고개 숙인 해바라기 꽃이 어둠 속에서 희끗 빛났다.

그림을 아래로 내릴게요, 그가 말했다. 여기요, 그러자 아버지가 손을 위로 뻗어 그림을 받아갔다. 상자도 잊지 마라, 하고 아버지가 말하자 엘리스가 물었다, 무슨 상자요?

아버지가 대답했다, 거기 보일 거야. 바로 안쪽 왼편에 있다.

그가 왼쪽으로 고개를 돌리자 그것이 보였다. 중간 크기의 판지 상자와 한쪽 면에 쓰인 '마이클'이라는 이름.

캐럴이 엘리스의 집 앞에 차를 세웠다. 그녀는 엘리스가 그림과 상자를 집안으로 들일 수 있게 도왔다. 뒷방 불을 켜고 나서 그는 술이나 커피를 마시겠느냐고 물었다.

아니, 그녀가 말했다. 바로 가봐야 해, 그러고는 돌아서서 가려 했다.

캐럴?

왜 그러니, 얘야?

상자요. 마이클의 물건, 그가 말했다. 왜 아버지가 갖고 있었어요?

그녀는 뜸을 들이다가 말했다, 네가 그애 아파트를 정리하고 나서 우리에게 왔잖니. 기억이 안 나는구나, 그렇지?

안 나요.

네가 런던에서 돌아와 몇 주 동안 우리와 함께 지냈잖니. 거의 잠만 잤지. 그래서 그 물건을 우리가 보관했어.

그렇군요.

힘들었어, 엘리스. 참 힘든 시간이었지. 네 아버지는 현상 유지가 최선이라고 생각했다. 그이가 그걸 뭐라고 불렀더라? 판도라의 상자, 바로 그거였어. 아버지는 무언가 널 다시 뒤흔드는 게 있을 까봐 걱정했어. 그래서 우리가 그뒤로 상자 얘기를 안 한 거야. 그냥 거기에 보관해두기만 했지. 우리가 잘못한 거니?

아뇨, 당연히 아니죠—

—잘못한 게 있다면 미안하다—

—잘못하신 거 없어요.

하지만 지금은 걱정 안 해도 되겠지, 그렇지?

네, 괜찮아요.

캐럴이 코트 단추를 잠갔다. 그러고는 말했다, 내일 전화해서 네가 괜찮은지 확인하지 않으면 마음이 좀 불안할 것 같구나. 안절부절못할 것 같아.

엘리스는 현관까지 그녀를 배웅했다.

자주 집에 오렴, 그녀가 말했다. 남남처럼 살지 말자.

안 그럴게요. 그는 고개를 숙여 캐럴에게 입을 맞췄다.

닫힌 현관문. 내려앉은 정적. 아직 남아 있는 캐럴의 향수 냄새와 잃어버린, 오해한 세월.

그는 그림의 포장을 벗겨 벽에 기대놓았다. 기억하는 것보다 더 컸다. 상당히 훌륭한 복제화였고 크리스마스 행사의 경품이라는 이상한 운명으로 내몰리기엔 아까운 물건이었다. 앞면의 유일한 서명은 파란색 글자로 적힌 '빈센트'였다. 하지만 뒤에는 화가의 서명이 있었다. '존 채드윅'. 그러나 존 채드윅이 누구인지는 아무도 모를 것이다.

일부는 활짝 피었고 일부는 시들어가는 해바라기 열다섯 송이.

황토색에 가깝게 어두운 노란 염료 위에 덧칠한 노란색. 몸통 중간을 가로지르는 보색의 파란 선으로 장식한 노란색 토기 화병.

이 그림의 원화를 그린 이는 세상에서 가장 외로운 남자 가운데 하나였다. 하지만 그림을 그리는 순간에 그는 낙관과 감사와 희망의 격정에 휩싸여 있었다. 노란색의 초월적 힘에 대한 찬양.

그 그림은 구 년 전인 1987년에 크리스티 경매장에서 2500만 파운드에 달하는 가격에 팔렸다. 엄마라면 이렇게 말했을 것이다, 내가 뭐랬니.

뜰은 4월의 눈길을 받으며 형태를 갖춰나갔다. 잡초를 뽑고 갈아엎어 갈색의 완벽한 장방형이 된 화단들이 울타리와 집의 외벽을 둘러쌌다. 장미와 담쟁이넝쿨이 바스러지는 뒤편 담을 떠받쳤고, 철쭉도 제 본분을 다해 빨간색과 분홍색으로 현란하고 요란하게 피어났다. 엘리스는 별 특징 없는 덤불 아래에 가려진 앵초과의 풀을 우연히 발견해 자주 앉는 벤치 옆으로 옮겨 심었다. 언젠가부터 앵초를 좋아하게 되었다.

엘리스는 일을 멈추고 밖에서 점심을 먹었다. 접시에 담은 햄을 굳이 자르지 않고 포크로 집어 입안에 구겨넣었다. 이 뜰에 나오는 것을 싫어했던 시절이 생각났다. 이 뜰을 비밀스럽게 벌주고 있었다는 생각이 들었다. 그 둘과 함께 시간을 보낸 마지막 장소라는 이유로. 당장은 그 생각에 더 깊이 들어가지 않기로 하고, 삶은 달걀 껍데기를 벗기기 시작했다. 찌르레기가 다가와 벤치 팔걸이 위에 앉았다. 아침 내내 뜰 이곳저곳에서 자신을 따라다닌 그 새 때문에, 그는 반려동물을 들이면 어떨까 생각했다.

엘리스는 오후 늦게 샤워를 하고 사우스파크를 산책하기로 마음먹었다. 잔디가 새로 깎여 풀냄새가 상쾌했고 왼편으로는 높이 솟은 첨탑들이 햇빛을 받아 번득였다. 해가 지기 시작했지만 아직 온기가 남아 있었다. 빛이 참 아름답다고 그는 생각했다. 매년 가을에 셋이서 불꽃놀이를 구경하던 곳에서 걸음을 멈췄다. 작은 휴대용 술병을 셋이 돌려가며 마시는 동안, 머리 위에서 번쩍거리던 불빛이 기쁨에 겨운 그들의 차가운 얼굴 위로 쏟아져내리던 곳. 나중에 이슬 젖은 풀을 밟으며 걸어갈 때, 마이클은 발이 축축하다고 불평했으며 그들은 모닥불과 흙 냄새를 풍기며 '더베어The Bear'를 향해 걸어갔다. 흰 입김을 뿜으며 줄 맞춰 걸으려고 애쓰던 세 사람. 왼발, 오른발, 왼발, 오른발. 잘 따라와, 엘, 너 때문에 엉망이 되잖아!

어디를 가더라도 전에 셋이서 함께 갔던 곳이었다.

발걸음을 멈췄다. 로맨스의 현장에 무심코 발을 들여놓았다는 것을 깨달았다. 앞쪽에서 젊은 남자가 나무 쪽으로 몸을 기울이고 있는데 그 나무에서 뻗어나온 팔 두 개가 남자의 목 주위에 걸쳐 있었다. 엘리스는 사적인 순간을 망치고 싶지 않아 얼른 지나쳐 가되 쳐다보지는 않으려 했고 그래서 그 사람들과 가까워졌을 때는 걸음을 빨리했다.

하지만 본능적으로 고개가 돌아갔다. 나무에 기댄 사람의 윤곽이 너무도 눈에 익었기 때문이다. 그래서 그는 본능적으로 고개를 돌리고 말했다. 빌리?

빌리는 얼어붙었다. 들켰다는 수치심이 그의 얼굴을 스쳐갔고 말소리는 조용했다. 그래요, 엘리스, 그가 말했다. 엘리스는 그런 식이기를 바라지 않았다. 빌리와 그의 열아홉 인생을 위해서. 그래서 엘리스는 미소를 지으며 다가가 말했다, 그럼 이게 순교자 기념비로구나?

그러자 빌리가 그래요, 하며 위를 올려다보았다. 맞아요.

엘리스는 옆의 젊은 남자에게 고개를 돌리고 손을 내밀며 말했다, 만나서 반가워요. 난 엘리스예요. 빌리와 함께 일했어요. 그러자 남자가 말했다. 저는 댄입니다.

잘 지내고 있니, 빌리?

괜찮아요.

일은?

예전 같지는 않죠. 아직도 밤 근무조에 있는데, 머릿속이 엉망이 되고 있어요. 형은 도대체 어떻게 했는지 모르겠어요, 엘.

그렇지.

안 돌아오실 거죠, 그렇죠?

응.

이런 망할, 엘. 정말 실망이에요. 그런 얘기는 형에게 직접 들었어야죠. 그 재수없는 새끼, 글런에게서가 아니라. 형은 사람들에게 더 잘해야 해요.

더 잘할게.

형과 친구로 지내는 건 재미없는 일이에요. 젠장.

그리고 형의 공구도 제가 갖고 있어요, 그가 덧붙였다.

엘리스는 웃음을 지었다. 네가 가져야지. 가비가 내게 준 거고, 난 그걸 네게 줄게. 이런 게 바로 대물림이지, 안 그래?

앞으로 뭐하실 거예요?

아직은 모르겠어, 엘리스가 말했다.

떠나세요.

그렇게 생각해?

그래요. 휴식기를 가지세요.

엘리스가 웃음을 터트렸다. 알았다.

빌리? 댄이 조용히 불렀다.

알았어. 우리 가야 해요.

그래, 그래. 가라.

빌리가 펜을 꺼내 재빨리 쪽지에 뭔가를 끼적거렸다. 제 전화번호예요, 그가 말했다. 가끔 전화하세요.

그럴게, 엘리스가 대답했다.

그들은 반대 방향으로 걸어갔다. 엘리스가 문에 거의 다다랐을 때 빌리가 그의 이름을 크게 불렀다. 그는 돌아섰다. 팔을 높이 들어올린 빌리가 있었다. 노란 벽돌 길*을 따라가요, 엘!

따라가, 따라가, 따라가, 따라가, 하고 노래하며 애니와 마이클은 팔짱을 끼고 힐탑 로드를 따라 걷고 있었다. 1978년 6월. 결혼식을 두 주 앞둔 날이었다. 총각 파티와 처녀 파티의 기획자인 마이클이 두 행사를 하나로 합쳤다. 짐은 가볍게, 그가 당부했었다. 끈 슬리퍼와 반바지, 그런 종류로. 엘리스는 앞서가는 두 사람을 바라보았다. 메이블의 밴은 문이 열려 있었고 마이클이 펼쳐놓은 커다란 지도가 산들바람에 들썩거렸다. 애니가 묻는 목소리가 들렸다, 그래서 우리 지금 어디 가는 거야, 마이키?

말 안 해줄 거야, 마이클이 대꾸하고 지도를 다시 접어 좌석 아래로 던져넣었다. 모두 탑승해주세요, 그가 말했다. 마지막으로 타는 사람은 계집애래요.

엘리스가 뒷자리로 뛰어들었다, 마지막으로.

계집애, 하고 두 사람이 말했다.

부조종사, 음악 부탁해요, 마이클이 말했다.

애니가 허리를 굽혀 카세트 플레이어를 허벅지 위에 올려놓았

---

* 『오즈의 마법사』에서 마법사를 찾아 나선 도로시를 에메랄드 시티로 이끄는 길로서, 꿈과 희망을 실현하기 위해 걷는 길을 의미하는 관용적 표현이다.

다. 마이클이 그녀에게 테이프를 건넸다. '자동차 여행 모음곡'이
라는 라벨이 붙어 있었다. 그녀는 플레이어에 테이프를 넣고 재생
버튼을 눌렀다. 데이비드 보위의 〈Heroes〉. 그들은 소리를 질렀
다. 창문을 내리고 여름날의 황혼을 향해 목청껏 노래를 부르는 그
들 뒤로 헤딩턴의 익숙한 도로들이 미끄러지듯 물러났다. A40 도
로에 들어서서 마이클이 속도를 높이자 낡은 밴이 전력을 내며 무
게를 감당하느라 덜덜 떨었다.

　엔섬, 버퍼드, 노스리치를 통과하며.

　그들은 블론디와 이레이저와 도나 서머를 들었다.

　버턴온더워터, 스토온더월드를 통과하며.

　그들은 아바를 들었다.

　〈Dancing Queen〉 중간에 밴이 방향을 바꿨지만 엘리스는 아
무 말도 하지 않았다. 그는 몸을 앞으로 기울여 마이클의 어깨에
손을 올려놓았다. 〈Take a Chance on Me〉가 나오고 있을 때는
앙네타라는 가수가 솔로를 부를 때마다 그 부분을 같이 부르는 그
답지 않은 행동을 했다. 노래가 끝나자 엘리스가 말했다, 가비가
가르쳐준 거야.

　그러자 그들은 가비! 가비! 가비! 하고 외쳤고 낡은 밴이 마치
웃음을 터트린 것처럼 덜덜 떨렸다.

　하늘의 빛이 스러지기 시작할 무렵, 엘리스는 마이클이 손목시
계를 흘끗거리는 것을 보았다. 곧 눈에 익은 고향의 도시 풍경이

그들 앞에 나타났다.

마이키? 애니가 말했다.

마이키가 그녀를 보며 씩 웃었다.

그들은 서머타운을 거쳐 세인트자일스를 통과해 되돌아왔다. 아무 말도 하지 마, 마이클이 말했고 그들은 그 말에 따랐다. 창밖으로 조명을 받은 위풍당당한 대학 건물들과, 바깥에 학생들이 모여 있는 주점들을 바라보았다.

마이클은 모들린 로드에서 차를 세웠다. 그들은 그의 뒤를 따라서 가게를 통과해 뒤편으로 들어갔다. 캄캄하고 조용한 부엌에서 마이클이 뒷문을 열었다. 밖으로 나가자 촛불 수십 개가 마치 별인 양 빛나며 뜰을 밝히고 있었다. 그 별자리 한가운데에는 텐트 두 개가 나란히 놓여 있고, 텐트 뒤로는 커다란 튜브 풀 위에 배가 떠 있는데 선체 안에 불 밝힌 향초 하나가 놓여 있었다. 소박했다, 바보 같았다, 아름다웠다, 딱 마이클 같았다.

방으로 안내해드리겠습니다. 마이클이 그렇게 말하고 둘 중 더 큰 텐트로 데려갔다. 안에는 서로 연결된 침낭 두 개가 깔려 있었다. 내일은 호수에서 수영하시면 어떨까요? 그가 말했다. 물론 날씨가 좋아야겠지만요.

그들은 곧바로 청 반바지로 갈아입고 끈 슬리퍼를 신었다. 저녁은 서늘해서 티셔츠는 스웨터 아래로 숨었고, 엘리스는 둥글게 쌓아놓은 벽돌 안에 모닥불을 피웠다. 뒷문이 열리자 모두가 고개를 돌리고 쳐다보았다.

아, 마이클이 말했다. 옛 늪지의 집시께서 오시는군요. '촛불 점화자'시죠.

뭐라고? 샴페인 한 병을 들고 나온 메이블이 물었다.

옛 늪지의 귀가 먼 집시네요, 마이클이 말했다.

집어치워라, 하고 말한 메이블이 한참 걸려 샴페인을 땄고, 엘리스는 차 얼룩이 밴 머그잔을 하나씩 돌렸으며, 그들은 그 머그잔에 샴페인을 마시며 건배를 세 번 했다.

두 사람을 위해! 마이클이 말했다.

우리 모두를 위해! 애니가 말했다.

변함없음을 위해, 엘리스가 말했다.

바로 그날 밤에 마이클은 도로를 건너 이탈리안 레스토랑으로 가서 아무도 그전에 맛본 적이 없었던 봉골레 스파게티를 가져왔다. 키안티 루피노 레드 와인 한 병도 바구니에 담아 왔다. 근사하구나, 메이블이 말했다.

다음날 아침, 엘리스와 애니는 빗소리에 잠을 깼다. 습기가 슬금슬금 차오르는데 그들은 졸면서 서로 안은 채 웅크리고 있었다. 가게 뒷문이 열리는 소리가 나고 풀밭을 달려오는 끈 슬리퍼 소리가 들렸다.

똑똑, 마이클이 말했다. 커피! 하며 지퍼를 내리고는 환한 얼굴로 공간을 채웠다.

어쩜 저렇게 잘생겼을까, 애니가 말했다.

견딜 수 없을 정도군, 엘리스가 말했다.

조금만 비켜봐, 마이클이 이마에서 물을 뚝뚝 흘리며 말했다. 카푸치노 한 잔과 에스프레소 두 잔이야, 그가 말했다. 그리고 주머니에서 나온, 기적적으로 젖지 않은 이탈리안 페이스트리.

그들은 자리잡고 앉아서 스크래블 게임*을 했는데, 지저분한 단어에는 점수를 두 배로 주어 진행 속도를 높였고 승자는 엘리스였다. 점심시간에 옛 늪지의 집시가 소시지 샌드위치를 가지고 나왔고, 그후로 구름이 흩어지며 태양이 흐릿한 빛을 땅에 비추자 텐트에서 김이 오르기 시작했다. 애니가 메이블이 신발 벗는 걸 도왔고 그들은 다 함께 물놀이를 했다. 메이블이 말했다, 옥스퍼드를 떠나지 않고도 이 모든 걸 하다니.

오늘밤에도 다시 촛불을 켤 거야, 엘리스가 말했다.

그렇게 해, 마이클이 말했다.

해가 진 후 별자리가 깜빡일 때, 엘리스는 발치에서 부드럽게 흔들리는 나무배와 함께 풀 안에 앉아 있었다. 애니와 마이클이 물에 들어가자 배가 뒤집혔다.

난 절대로 안주하고 싶지 않아, 엘리스가 둘을 차례로 바라보며 말했다.

---

* 철자가 적힌 플라스틱 조각을 배열해 단어를 맞추는 보드게임.

네가 안주하도록 놔두지 않을 거야, 애니가 말했다.

너희들이 안주하도록 내가 놔두지 않을 거야, 하면서 마이클이 엘리스에게 샴페인이 든 머그잔을 건넸다.

엘리스는 샴페인을 마셨다. 우리가 지금 어디에 있다고 했지? 그가 주위를 둘러보며 물었다.

그리스, 애니가 대답했다. 스키로스라는 섬이야.

고깃배들이 들어오고 있어, 마이클이 말했다. 봐, 배의 불빛이 해안으로 다가오고 있잖아.

그럼 내일 계획은 뭐야? 엘리스가 물었다.

대충 비슷하지, 애니가 대답했다. 계속 해변에서 노는 거야. 나중에 자전거로 섬을 한 바퀴 둘러봐도 되고. 무리할 필요는 없잖아, 안 그래? 차고 넘치는 게 시간인데.

오월제가 열리는 날이어서 학생들은 여전히 머리에 꽃을 꽂고 있었다. 깁스를 푼 엘리스는 자전거를 타고 시내를 통과해 세인트 올데이츠 스트리트를 따라 강으로 갔다. 오후 들어 처음으로 해가 나왔고 예선로는 붐볐다.

그는 롱브리지스로 길을 틀었다. 강물은 잔잔했고 이따금 그가 보지 않는 사이에 산들바람이 수면에 잔물결을 일으켰다. 그는 다리를 지나 빽빽한 검은딸기나무 산울타리에 가려진 콘크리트 제방 쪽으로 가서 옷을 벗었다. 처음에는 조금 쑥스러웠다. 물놀이터 모서리에 앉아 발을 물에 담그고 양손은 허벅지 위에 올려놓았다. 나무 뒤편에서 들리는 키잡이의 외침과 노의 날이 철썩철썩 강물을 가르는 소리는 옥스퍼드의 봄 소리였다. 왼편의 길 위를 쏜살같이 달려가는 자전거들이 햇빛을 번쩍번쩍 되쏘았다. 차가운 물속에 들어가니 알몸에 전기가 통하는 느낌이 들었다. 발가락 사이로 진흙이 밀려들 때, 예전처럼 발목 주위를 스치는 피라미들의 익숙한 움직임이 느껴질 것만 같았다. 청둥오리를 뒤따라 헤엄치며, 그는 팔 위로 기분좋게 내려앉는 햇빛의 강한 숨결을 느꼈다. 물에서 헤엄치는 동안 어떤 기억이 떠올랐다. 어머니와 함께한 마지막 여름, 그때였을 것이다. 반대편 제방 위에서 사람들 사이에 누워 있는 어머니가 눈앞에 다시 떠올랐고, 어머니는 웃고 있었다. 마이클에게 읽고 있는 책이 무엇인지 막 물은 뒤여서, 마이클이 책을 들어 보이며 말했다. 월트 휘트먼의 『풀잎』이요. 학교에서 남북전쟁에 대해 배우고 있고 수업 시간에 에이브러햄 링컨에 대해 발표해야 한다고 마이클이 말했다. 그는 링컨의 죽음에 대한 시를 골랐는데 쉽지는 않다, 그리고 그 시집은 언젠가 성적인 내용 때문에 금서가 된 적도 있다, 라고 그가 설명했다.

그 말에 어머니가 웃음을 터트렸다. 성적인 내용? 어머니가 말했다. 도서관의 미시즈 고든이 그러든?

미시즈 고든은 자유주의적인 교육가예요, 그가 말했다.

정말? 카울리에 자유주의자가 있다고? 돼지가 하늘을 날겠구나.

이건 슬픔에 관한 시예요, 그가 말했다.

슬픔? 그녀가 되뇌었다. 그러더니 물었다, 그들은 널 위한 준비가 됐을까, 마이클?

제 발표 말이에요?

아니, 그녀가 말했다. 그들은 널 위한 준비가 됐을까? 세상은 널 위한 준비가 됐을까?

마이클이 미소를 지으며 말했다, 잘 모르겠어요. 그러더니 그녀에게 큰 소리로 시를 읽어주기 시작했고, 각운이 제대로 들리도록 모든 문장의 마지막 단어를 강조했다.

오 선장님! 나의 선장님! 우리의 무시무시한 항해가 끝났습니다.

배는 온갖 역경을 견뎌냈고, 우리가 추구한 목표는 이루어졌습니다.

항구는 가까이에 있고, 종소리가 들리며, 사람들은 모두 환호합니다.

그들의 눈은 안정된 용골을, 엄숙하고 대담한 배를 바라보고 있습니다……

엘리스는 마이클과 같은 사람은 두 번 다시 만날 수 없을 거라고 생각했던 기억, 그리고 그렇게 인정하는 마음은 사랑임을 깨달았던 기억을 떠올렸다. 마이클의 말에 집중하고 있는 어머니, 홀린 듯한 어머니의 모습도 보이는 듯했다. 마이클이 읽기를 멈추자 어머니는 고개를 숙여 그의 머리에 입맞추고 말했다, 고마워. 그녀가 붙잡고 매달리던 것들, 그녀가 믿는 것들이 모두 그 예기치 못한 순간에 하나로 합쳐졌기 때문이다. 남자와 소년도 아름다운 일을 할 수 있다는 그 단순한 믿음.

어머니가 일어서자 모든 이들의 시선이 집중되었다. 그녀는 강물로 다가가 허리가 물에 잠길 때까지 계단을 내려갔다. 마이클이 뒤따라가며 말했다, 도라! 물에 빠진 저를 구하는 척하세요. 그러고는 물로 뛰어들더니 팔과 다리를 마구 흔들고 휘저으며 한가운데로 헤엄쳐 갔다. 물가에서 들려오는 웃음소리는 무시하며 그곳에서 그녀를 기다렸다. 그러자 그의 어머니가 나섰다. 마이클에게로 헤엄쳐 가며 사람들의 조롱을 잠재웠다. 마이클을 진정시키고 공포에 빠지지 말라고 말했으며, 그의 팔 아래에 손을 끼우고서 어룽지는 햇빛과 잔물결을 헤치고 가장자리까지 그를 부드럽게 끌고 왔다. 그러는 내내 마이클은 시를 읊었다.

오 선장님! 나의 선장님! 일어나서 종소리를 들으세요……

엘리스는 물에서 나와 모서리에 앉았다. 아이들이 나타날지도 몰라서 티셔츠로 허벅지 위를 가리고 햇빛에 몸을 말렸다. 눈을 감자 몸이 풀어졌다. 그는 먼 옛날 그 저녁에 왜 그들과 함께 강연에 가지 않았는지 다시 한번 자문했다. 여느 때처럼 그 생각을 떨쳐내지 않고 계속 붙잡고 귀를 기울였다. 오늘은, 그곳에서는, 그 생각 때문에 다치지 않을 수 있기 때문이었다.

북 토크였는데, 무슨 책이었지? 여전히 기억나지 않았다. 두 사람은 강연 내내 그곳에 머물지는 않았고, 빈지 인근에서 발견된 이유도 그래서였다. 애니가 차를 타고 그곳에 가는 걸 좋아했으니 그것이 마이클이 아닌 애니의 아이디어였음을 엘리스는 알았다. 오, 애니. 나쁜 아이디어였어. 나쁜.

마루판이 배달된 직후였고, 그는 맥주를 들고 뜰에 앉아 하늘을 바라보았으며, 그 고요한 하늘을 보며 다시 셋이 된 그들이 바로 그때 비행기에 앉아 새로운 지평선을 향해 날아가고 있다면 얼마나 아름다울까 생각했던 기억을 떠올렸다. 그날 밤 들었던 음악—쳇 베이커, 노래가 아니라 트럼펫 연주—도 기억났고 두 사람을 사랑하는 자신이 얼마나 행운아인가 생각했던 기억도 났다. 그때 하필 그런 생각이 떠올랐다는 기억이 나면 그는 자다가도 땀범벅이 되어 벌떡 일어나곤 했다.

그것이 그 일이 일어난 시간과 그가 그 사실을 알게 된 시간 사이에 그가 머무른 세상이었다. 잠깐 열려 있던, 아직은 깨지지 않았던 창문, 아직은 음악에 감동하고 아직은 맥주가 맛있고 아직은 완벽한 여름 하늘을 날아가는 비행기를 보며 꿈을 품을 수 있었던 짧은 순간.

초인종이 울리자 엘리스는 두 사람이 돌아왔다고 생각했다. 하지만, 그들일 리가 없는데, 아닌가? 둘 다 각자 열쇠를 가지고 있었으니까. 엘리스는 문을 열었고 경찰관들은 나쁜 소식을 전하기엔 너무 어려 보였지만, 결국 그들이 전한 것은 나쁜 소식이었다. 경찰관들은 그를 거실로 가게 했고 거기에서 시간은 증발해버렸다. 엘리스는 자신이 정신을 잃었다고 생각했지만 사실은 그러지 않았다. 그가 알던 대로의 인생이 정지해버리는 순간이었다.

경찰관들은 그를 차에 태워 병원으로 데려갔다. 사이렌도 경광등도 없었다, 이미 모두 끝났으므로 서두를 이유가 없었다. 애니는 평화로워 보였다. 관자놀이 근처의 멍자국 하나, 그거 하나로 끝이라니 정말 터무니없었다. 마이클을 보겠다고 간호사에게 말하자 간호사는 곧 의사가 올 거라고 답했다. 그는 경찰관들과 함께 복도에 앉아서 기다렸다. 그들이 차 한 잔과 킷캣 초콜릿을 그에게 주었다.

의사는 빈방으로 그를 데려가 마이클은 영안실로 옮겨졌다고 말했다. 엘리스가 말했다, 왜요? 보통 그렇게 하는 건가요? 그러자 의사가 말했다, 이런 상황에서는 보통 그렇게 합니다. 무슨 상황이요? 엘리스가 말했다.

고인의 오른쪽 옆구리를 따라 몰려 있는 병변을 발견했습니다. 카포시—

—저도 그 병명은 압니다, 엘리스가 말했다.

마이클은 에이즈 환자였어요, 의사가 말했다.

아닐 거예요, 엘리스가 그렇게 말하며 담배를 꺼내려고 했지만 망할 놈의 의사가 제지했다. 그랬다면 제게 말했을 거예요, 엘리스가 말했다.

그는 어두워진 바깥으로 걸어나왔고 누군가와 이야기하고 싶었지만 남은 사람이 없었다. 아버지와 캐럴이 정문에서 기다리고 있었다. 말해봐, 캐럴이 채근했다, 말해봐. 하지만 그는 말하지 않았다.

마이클의 재를 그가 가장 좋아했던 강의 구역에 지시대로 뿌렸다. 그는 혼자였다. 바람이 풀밭을 거세게 물어뜯었다. 여름의 끝자락이었다.

땅거미가 지고 있었다. 엘리스는 뜰에 나와 금색과 연보라색 줄무늬가 새겨진 파란 하늘 아래에 앉아 있었다. 옆집에서 재즈 음악이 울렸다. 그가 소장한 빌 에번스 음반들을 빌려간 학생들이 음식을 만드는 중이었다. 부엌문이 열려 있어서 프라이팬을 쨍강거리고, 맥주병 뚜껑을 따고, 조리법을 중얼거리는 소리가 들렸다. 엘리스는 그들의 기척을 듣는 것이 좋았다, 그들의 생활 방식이 좋아졌다.

수영하고 난 뒤라 추웠다. 아직 샤워는 하지 않은 상태로 스웨터를 가지러 안으로 들어갔다. 벽난로 옆 안락의자 위에 스웨터가 있어서 바로 입었다. 어머니의 그림 앞에 멈춰 선 그는 언제나처럼, 어머니는 그 안에서 뭘 찾고 있었던 걸까 생각했다. 그가 그 그림을 보면 마음이 차분해지는 것처럼, 어머니에게도 단순히 그런 것이었을까? 평온함? 아닐 것 같았다. 하지만 간혹 아침에 캔버스 위로 빛이 드리우면 그 노란색이 머리에 어떤 작용을 일으켰다. 정신을 일깨웠고, 밝은 기분을 일으켰다. 그거였어요, 엄마? 그거였어? 그는 돌아서다가 아버지 집에서 가져온 판지 상자에 발이 걸렸다. 무릎을 꿇었다. 언제? 그는 자문했다. 지금이 아니라면, 그럼 언제?

상자 윗면의 테이프를 뜯어내자 셔츠가 얼핏 보여 그는 잠깐 숨을 골랐다. 상자를 들고 바깥으로 나가 벤치에 올려놓았다. 그러고는 다시 집안으로 들어가 냉장고에서 반만 남은 와인을 꺼내고 항상 식기 건조대에 놓여 있는 유리잔을 챙겼다. 그는 뜰에 앉아 신경이 안정되기를 기다렸다.

오래전 그때 자신이 무엇을 간직했고, 무엇을 내버렸는지 엘리스는 알지 못했다. 하지만 마이클이 가진 것이 얼마나 적은지 보았을 때의 충격만은 잊히지 않았다. 의자 하나. 라디오 하나. 책 몇권. 마이클의 아파트는 외로운 공간이거나 영리한 공간이었다. 극단으로 치달은 미니멀리즘. 오락이 아닌 사색의 장소였다. 생각의 장소.

엘리스는 상자에서 옷을 꺼내 무릎 위에 올려놓았다. 그와 애니가 뉴욕에서 사다 준 그 연파랑 티셔츠는 마이클이 도통 벗지 않는 바람에 목둘레가 너덜너덜해졌다. 엘리스는 옷을 들어 코에 댔다. 무엇을 기대한 건지는 몰라도, 냄새라고는 곰팡이가 핀 세탁 세제의 희미한 흔적뿐이었다. 흰색 리넨 셔츠 하나와 기적적으로 좀이 슬지 않은 남색 캐시미어 스웨터 하나. 휘트먼의 『풀잎』을 감싼 브레턴* 티셔츠 하나. 책 표지 안쪽에는 '카울리 도서관 장서'라는 글씨에 가위표가 그어지고 '마이클 라이트'라는 이름이 쓰여 있었다.

울타리 너머에서 〈My Foolish Heart〉가 그날 저녁 두번째로 들려왔다. 엘리스는 와인을 따라 마셨다.

상자 안에서 그는 커다란 봉투를 하나 꺼내 옆자리에 내용물을 쏟았다. 서랍에서 꺼낸 잡동사니 소모품들, 그에게는 딱 그렇게 보였다. 잡지에서 찢어낸 그림들, 프랑스의 바에서 방심한 채 카메라에 잡힌 그와 마이클의 구겨진 흑백사진. 구릿빛으로 탄 피부, 열아홉이라는 나이, 당연히 그 무엇에도 꺾이지 않을 것처럼 막강해 보이는 그들. 또다른 사진은, 결혼식 날 구름처럼 날리는 색종이 조각들을 벚꽃이라도 되는 양 바라보는 그와 애니. 그리고 서픽에서 열리는 전시회 초대장—제라드 더글러스의 풍경화전. 미시즈 칸이 메이블의 가게에 일하러 온 날 가게 밖에서 두 사람을 찍은 컬러사진. 삼십 년 가까이 이어진 흔치 않은 우정의 증거. 갈색

---

* 프랑스 브르타뉴 지방 선원들의 옷에서 유래한 줄무늬 티셔츠.

앞치마를 입은 그들은 서로에게 팔을 두르고 카메라를 보며 웃고 있다. 메이블의 흰머리는 항상 그랬듯 롤러로 말았고 볼은 그저 살아 있다는 소박한 기쁨으로 홍조를 띠고 있다. 그녀는 절대로 은퇴하지 않을 참이었다. 뭐하러 은퇴를 하니? 그녀는 늘 그렇게 말했다. 그리고 이제 엽서들—헨리 무어, 프랜시스 베이컨, 바버라 헵워스. 접혀 있는 신문은 1969년도 〈옥스퍼드 타임스〉. 그는 신문을 옆으로 치워두려다 문득 그것이 마이클이 쓴 첫 기사라는 사실을 깨달았다. 주디 갈런드에 관한 것이었다.

엘리스가 기억하기로, 주디 갈런드가 죽던 날 마이클은 카네기홀 공연 실황 앨범을 틀었다. 가게문을 열고 음량을 높이 올렸다. 그것이 그녀를 추모하는 마이클의 방식이었다. 사람들이 와서 음악을 듣자 메이블은 약용 셰리주를 나눠주었으며 단골들에게는 더센 것을 주었다. 그후 마이클은 〈옥스퍼드 타임스〉에 글을 쓰게 해달라고, 이제 차를 끓이고 복사하는 일은 그만하게 해달라고 사정했고, 마침내 그들을 굴복시켜 옥스퍼드의 관심사와 연결된 내용이라면 갈런드에 관해 써도 좋다는 동의를 얻어냈다. 그는 1961년에 콘서트에 간 적이 있는 서머타운의 누군가를 찾아내 그 점—국제적 현상과 맞물린 지역의 관심사—을 중심으로, 평생 갈런드의 팬이었다가 이제는 그 딸*의 팬이 되려는 사람에 대해 기사를 썼

---

* 주디 갈런드의 딸인 라이자 미넬리 역시 가수이자 영화배우로 활동했다.

다. 그건 참 대단한 글 아니었던가? 우주의 중심이야, 이 가게는, 마이클은 자주 그렇게 말했다. 오, 정말로 그랬다. 우리는 정말로.

다른 사진, 하지만 이것은 엘리스가 모르는 한 남자가 이젤 옆에 서 있는 사진이다. 반바지 차림이고 가슴팍은 온통 물감투성이다. 웃고 있다. 이젤 위에는 마이클의 초상화가 있다. 사진 뒷면에 'G'라는 글자.

반 고흐의 〈해바라기〉가 그려진 엽서 한 장. 어머니에 관한 추억일까, 아니면 다른 사람? 뒷면에 끼적인 전화번호. 극장표 조각들―〈시네마 천국〉〈스탠드 바이 미〉〈핑크빛 연인〉―그리고 마이클 클라크 전시회 티켓 한 장, 1989년 테이트/터너상* 작품전 티켓 한 장.

상자 바닥에서 책 몇 권을 꺼내면서 엘리스는 그게 무엇인지 곧바로 알아보았다. 어린 시절에 쓰던 그의 스케치북들이었다. 그것들을 다시 바라보고 있다는 사실을 믿을 수가 없었다. 페이지가 다 채워지고 나면 그림이 충분히 좋은 것 같지가 않아서, 어쨌든 당시에는 그런 생각이 들어서, 스케치북을 그냥 버릴 때가 많았기 때문이다. 다만 한 사람은 그것들이 충분히 좋다고 생각했고 그래서 빌어먹을, 구해낸 것이다. 마이클이 구해냈다. 쓰레기통으로 가서 스케치북을 꺼낸 뒤 그 오랜 세월 내내 간직했다.

---

* 테이트미술관에서 현대 영국 화가에게 수여하는 미술상.

어머니가 있었다. 옆얼굴을 그린 단순한 선, 음영은 없이 이마 선에서 코로 내려와 목까지 이어진 선. 그리고 같은 소재로 제대로 될 때까지 여러 장에 걸쳐 그린 습작들. 그다음은 어머니의 손, 몇 장에 걸쳐 이어지는 그녀의 손. 그리고 자는 척을 하느라 미소를 띤 붉은 윗입술이 말려 올라간 어머니의 얼굴을 그린 수채화.

엘리스는 다른 스케치북을 집어들었다. 마이클이 있었다. 몇 살 때였나? 열넷? 아마도 열다섯. 청바지를 허리 아래에 낮게 걸쳐 입고 셔츠는 벗은 맨발 차림. 손가락을 벨트 고리에 걸고 심각하게 생각에 빠진 모습. 흥미롭게 보이도록 그려줘, 그는 말하곤 했다. 시인처럼 보이게 해줘.

아, 세상에. 엘리스는 등을 기대고 앉아 눈을 감았다. 이웃집에서 들려오는 올리브유에 관한 대화에 귀를 기울였다.

와인을 마신 후 조금 더 따랐다. 마음의 준비가 되었을 때 다른 스케치북을 집어들었다. 하지만 안에는 그림이 아니라 글이 있었고, 마이클의 글이 눈에 들어오자 그는 깜짝 놀랐다. 일기는 아니었다. 그보다는 더 두서없는 글—단상, 아이디어, 낙서—로 보였다. 시작은 1989년 11월, 그들이 소원하게 지내던 시기였다.

그는 읽기 시작했다. 책장을 순간적으로 펄럭이게 한 것은 산들바람이었거나 떨리는 그의 손이었을 것이다. 젊은 남자의 목소리가 울타리 너머에서 건너왔다.

엘리스? 남자가 불렀다. 엘?

하지만 엘리스는 듣지 못했다. '1989년 11월,' 글은 그렇게 시작했다. '날짜는 모르겠다, 날짜가 상관없어졌다.'

마이클

1989년 11월

날짜는 모르겠다. 날짜가 상관없어졌다. G의 눈이 멀었고 나는 그의 눈이 되었다. 밤에 G가 울부짖으면 나는 그를 붙잡고 놔주지 않는다. 바이러스가 그의 뇌로 들어갔다. 어제는 침실 문에 대고 오줌을 누며 깔깔 웃었다.

어느 의사가 내 주변 세상의 의미를 이해하기 위해 글을 써보라고 제안했다. 의미 같은 건 없어요, 나는 말했다, 느닷없이.

타인의 고통을 목격하고 혼란스러워하는 그들을 바라보는 일이, 의사가 계속해서 말했다, 환자분에게 어떤 영향을 주었다고 생각하나요?

이런 어이없는 질문을 받고 나는 한참 뜸을 들었다.

더이상 예전처럼 재미있는 사람이 아니게 됐어요, 나는 말했다.

그 사람은 보통 의사가 아니라 죽어가는 사람들과 일하는 정신
과의사였다. 나는 죽어가고 있지 않다, 그건 말해야겠다. 어쨌든
아직은 아니다. 내게 시각화 명상용 카세트테이프가 있는데, 거기
에선 쾌활한 미국인의 목소리가 내 몸이 빛과 사랑으로 가득차 있
다고 말하고 나는 그 말을 믿는다. 난 빛과 사랑으로 너무 꽉 차 있
어서 바지 지퍼가 올라가지 않을 지경이다. 배 둘레에 몇 주 전까
지만 해도 없었던 비곗살이 한 겹 붙었고, 복근도 원래 이보다 더
단단하고 선이 또렷했었다. 지금 나 자신을 묘사한다면, 이 몸이
더 괜찮았던 시절이 있었다고 말하겠다.

나는 서른아홉 살, 이제 마흔이 다 된 나이다. 그래서 신경이 쓰
이냐고? 사람들이 나이를 물으면 대답이 곧바로 나오는 걸 보니
아마도 신경을 쓰고 있는 거겠지. 이제는 담배를 피우지 않고 약
도 하지 않는다(G가 정맥주사로 넘어가면서 남은 코코다몰을 다
량 비축해놓고 가끔 먹는 걸 제외하면). 예전에 나는 잘생긴 사람
이었는데—허영심 때문에 하는 말이 아니라, 실제로 그런 말을 많
이 들었다—지금도 그런지는 잘 모르겠다. 아직도 나를 쳐다보는
사람들이 있고 가끔 특이한(때로는 정말로 특이한) 제안을 받기도
하니까, 아직은 뭔가 있는지도 모르겠다. 남자들은 나와의 섹스를
좋아했다. 내겐 선택의 기준이 있었다. 때로는 기준을 낮추기도 했
지만 대체로 일관된 편이었다. 나는 단기 연애를, 혹은 혼자 있는
것을 좋아했다. 정말로 좋은—모험적이고 흥미진진한—연인들

도 있었지만 내가 그런 사람이었던 적은 없다. 최대 7점 정도. 나는 좀처럼 실현되지 않는 환상이었다. 그들이 바지 지퍼를 올릴 때 살짝 드러나던 음울함. 난 좀 이기적이었다는 생각이 든다. 아니면 게을렀거나. 최대 7점. 그게 나였다.

내 성기가 풀죽은 것처럼 보이는데, 아마도 빛 때문일 것이다. 사실 예전에는 분명히 이보다 컸다. 하지만 그때 난 말랐었고 마른 남자들은 성기가 커 보이기 마련이다. 사실 다 비율의 문제인데, 난 그것을 알 만큼 많이 봤다. 어쨌거나, 전엔 이보다 더 컸다. 이렇게 된 이유는 지금 내가 발기불능의 벼랑 끝에 아슬아슬하게 서 있기 때문이고, 게다가 그 통증, 그 욱신거림―그걸 뭐라 부르든―음, 그게 사라졌기 때문이다. 그런데 괜찮다. 지금은 반사요법이 좋다. 잠드는 데 도움이 되니까.

오늘은 이만. 투약 알람이 울려서 그 녀석한테 가봐야 한다. 그를 G라고 부르는 건 본인이 자기 이름을 싫어해서다. 이젠 내 남자친구가 아니다. 그는 스물여섯 살이고 혼자다.

늦었다. 채소로 죽을 만들었다. G는 잠들었는데 체온이 37.5도다. 열이 펄펄 끓는데도 아직은 땀을 흘리지 않는다. 전에도 이런 적 있으니 난 공황에 빠지지 않는다. 그는 뼈밖에 안 남았고 T세포 수치는 0이다. 무엇이 그를 살아 있게 하는지, 그 누가 알랴만, 아마도 삶의 기억 아닐까. 매번 감염을 이겨냈다고 자축하고 나면,

한두 주 안에 다시 체온이 오르면서 또 한번 절망의 파도에 내던져지곤 했다. 그가 병원에 들어간다면 다시는 나오지 못하리라는 것을 알지만, 우린 이미 오래전에 작별인사를 나눴다. 모르핀이 똑똑 방울져 내리고 나는 듣기 좋은 귓속말을 해준다. 디지털 시계가 깜빡거리며 넘어간다. 21시 47분, 사방이 고요하다.

가을이 창문을 두드린다. 나는 미닫이문들을 열고 가을을 안으로 들인다. 정육 시장의 조명이 깜빡거리고 자동차 라이트가 어둠을 가른다. 머리 위에서는 비행기 날개의 깜빡이는 불빛이 별빛을 대신한다. 아파트 안은 조용하다. 이건 외로움이다.

나는 글을 써서 먹고살았다. 지금 글쓰기에 혐오감을 느끼는 건 아마도 그래서일 것이다. 나는 기자였다. 지역 언론사에서 시작했다가 프리랜서가 되었다. 나중에는 출판계로 들어가 편집자가 되었다. 주로 소설 담당. 내게 맞는 일이었는데, 그건 내가 이야기를 고치는 데 능했기 때문이다. 어쨌거나, 언젠가 어떤 사람이 내가 그렇다고 말했다. 그때 나는 그게 칭찬인지 아닌지 확신이 들지 않았다.

돈을 벌기 위한 일은 다 그만두었다. 내겐 돈이 있다. 부자는 아니지만 기본적인 필요를 충족하기에는 충분하다. 간병 수당을 받고 즐거움을 주는 물건들—꽃, 질 좋은 스테이크 같은 것들—을 산다. 우리 둘 다 잘 먹을 수 있도록 챙기고 있다, 아니 그랬었다고 말해야 하나, 이제 G는 다시 유동식으로 돌아갔으니까. 제품명은 인슈어*, 웃기는 이름이다. 그것과 섞어 먹일 아이스크림을 좋은 걸로 사곤 했다. 천연 바닐라가 든 유기농 제품. 지금은 그가 아이스크림을 넘기지 못하기 때문에 사지 않는다.

모두가 죽어가고 있는데 마감을 지킬 수는 없다. 사직서에도 정말로 그렇게 썼다. 얼마나 거창했던가? 그런 말이 오늘날의 분위기를, 정치적 의미와 절망과 개인적 의미가 합쳐진 어떤 것을 포착했다고 생각했다. 결국 나는 와인잔을 내려놓고 문장을 고쳐썼다. 단순하게, 이젠 다른 길을 찾아야 할 때이며 글이라도 써볼까 한다? 그런 식으로 말했고 출판사 사람들도 더 묻지 않고 이해했다. 사직 처리 기간까지 일하고 나오면서, 나를 거쳐 서점 진열대에 오른 책들을 상자에 담아 가져왔다. 그 책들 가운데 내 이야기는 하나도 없었지만.

우리가 처음 만났을 때 G는 화가였다. 지금으로부터 오 년 전, 메이블이 세상을 떠나고 나서 얼마 안 되었을 때였다. 비 오는 어느 오후에 내셔널갤러리에서 비를 피하다가 군중 속에서 그를 보았을 때, 어질어질할 정도로 엘리스와 닮은 모습—상냥한 눈, 그 머리칼, 피부밑으로 비쳐 보이는 턱수염—에 이끌린 나는 두 시간 동안 그의 뒤를 따라 티치아노와 페르메이르와 세잔을 지나는 다방면의 여정을 거친 뒤, 내 유년기의 중요한 부분을 이루는 그림

---

* Ensure. '보장하다' 또는 '확보하다'라는 뜻.

앞에 이르렀다. 나는 그의 뒤에 서서 가장 낭랑한 목소리로 말했다. 그러니까, 이건 1888년에 아를에서 그린 그림이죠. 고마움을 담아서요. 우정도. 그리고 희망도.

그가 웃음을 터트렸다. 오싹한 분이시네, 그는 그렇게 말하고 내처 걸어갔다. 그가 옳았다. 나는 크루징*에 능숙한 사람이 아니다. 그전에도 여러 번 들었던 말이다.

그를 서점까지 따라가 읽을 생각이 없는 책들을 집어들고 살 생각이 없는 엽서들을 살펴보았다. 이리 와요, 그가 내 옆을 지나 문밖으로 나가며 말했고, 우리는 세인트마틴스 레인 근처의 카페로 갔다. 더블 에스프레소 두 잔을 마시고 초콜릿 토르테 케이크 한 조각을 먹은 뒤, 우리의 나이 차이에서 비롯된 민망함이 점점 사라지면서 나는 우리가 오히려 점잖게 잘 어울린다고 믿기로 했다. 어디에서 사느냐는 질문에 내가 소호, 멀지 않아요, 하고 답하자 그가 거기로 가죠, 하고 말했다. 정말? 하고 묻는 내게 그는, 하지만 당신과 섹스는 하지 않을 거예요, 하고 말했고 나는 그런 말 처음 듣는 거 아니에요, 하고 답했다. 그는 시차 때문에 피곤해요, 라고 말했고 나는 그럼 차나 마시죠, 하고 말했다.

섹스는 하지 않았지만 차는 정말로 마셨다. 그는 잠을 잤고 나는 그런 그를 바라보았다. 그러다 나도 잠이 들었고 깨어나보니 혼

---

* 동성애자끼리 서로 알아보고 데이트 상대를 구하는 일.

자였다. 베개 위에 놓인 반 고흐의 〈해바라기〉 엽서와 그 뒷면에 적힌 전화번호. 그날 저녁, 그에게 전화를 걸어 자동응답기에 빈센트가 보내는 메시지랍시고 잃어버린 귀에 관한 무슨 말인가를 남겼다. 나흘 뒤에 나는 기차에 올랐다.

그는 서쪽에 있는 헛간에서 살았는데, 주로 프랑스에서 지내는 게이 커플에게서 빌린 공간이었다. 금요일 밤마다, 그는 옆에 자전거 하나를 더 끌고 우드브리지역으로 마중나왔고 우리는 자전거를 타고 그곳에서 멀지 않은 그의 작업실 헛간으로 돌아갔으며, 나는 배낭을 풀고 거친 참나무 바닥에 우리의 주말을 위한 보물들─와인, 음식, 어떤 때는 비디오, 그리고 작업중인 내 원고 등─을 바닥에 부려놓곤 했다.

그의 몸은 각진 모서리와 골짜기로 이루어진 풍경이었다. 배꼽에서 시작된 검은 털이 한 줄로 내려가 성기 주변에서 폭발했고 가슴과 엉덩이는 솜털로 가볍게 뒤덮여 있었다. 그는 오래전 엘리스와 함께할 때의 나를 느끼게 해주었다─아, 내가 지금 뭐라는 거지? 그를 보고 엘리스를 떠올린 것은 외모 때문만이 아니라 그 강렬함, 은근함 때문이었고, 나는 다시 예전의 그 소년이 되어 오래전에 지나간 유년기의 환상을 실현하고 있었다.

그가 고체 물감 덩어리를 갈아서 기름과 섞은 후 한쪽이 뚫린 튜브 속으로 떠 넣는 모습을 몇 시간이고 지켜볼 수도 있었다. 그와 함께 있으면 마음이 차분해졌다. 물감 이름도 많이 배웠다. 나는 혹시 우리가 드래그퀸*으로 무대에 서야만 하는 상황이 온다면 '스칼릿 레이크'와 '로즈 매더'**로 이름을 짓자고 말했다.

여름 햇살이 비쳐 들었다. 꽃가루가 퍼지며 풍경이 흐릿해졌다. 꽃향기, 아마인유와 커피 냄새, 올리브 깡통에 꽂아둔 붓, 그리고 야생화도. 구석에는 물감이 튄 침대, 알몸으로 마티니를 섞고 있는 나, 그리고 들판 위에 요동치는 빛의 추상화를 그리는 G. 언젠가 엘리스와 내가 세운 계획 그대로였다. 아름다웠고, 때로는 마음이 아팠다. 그 말을 했더니 G는 웃음을 터트렸고, 그렇게 환상은 끝나고 말았다.

그를 사랑했던가? 맞다, 비록 그 단어를 쓰기는 꺼려지지만. 얼마 후 그것은 부모의 마음처럼 변했고, 얼마 후 나는 그에게 다른 남자들을 만나라고 부추겼으니까. 그는 그것을 고맙게 생각했다고, 적어도 그의 영혼 속 보헤미안은 그랬다고 생각한다. 하지만 내가 관대하거나 개방적이어서 그런 것은 아니다. 그때 내게 필요한 건 친구였을 뿐, 그 이상은 아니었다. 결국, 우리는 매주 같은 시간에 전화선 양끝에서 만나는 사이가 되었다. 그래, 이번엔 뭐야? 나는 묻곤 했다. 이번주엔 어떤 지저분한 모험을 한 거야?

18개월 전, 전화가 울렸다. 그래, 이번엔 뭐야? 나는 말했다. 어

---

* 화려한 여성 복장을 한 남성.
** 둘 다 적색조의 색깔 이름.

떤……

하지만 침묵뿐이었다.

G?

침묵. 그가 울기 시작했다.

내게 얘기해, 나는 말했다. 침묵.

나 그거야, 그가 말했다. 그거. 우리 모두 알아듣는 약칭. 나는 그의 곁을 절대로 떠나지 않겠다고 말했다.

G가 잠에서 깨어 소리를 지르고 있다. 지금은 새벽 세시. 우리에게 무슨 일이 일어난 거니, G? 더는 감당할 수가 없어.

바츠*에 전화를 하니 병상을 마련해놓겠다고 말한다. 그를 휠체어에 끈으로 묶고 담요로 감싼 후 아파트를 나서자 이 분도 채 안 되어 그는 똥을 싼다. 승강기에 악취가 나고, 나는 이제 또 한번 문틈으로 익명의 쪽지를 받게 되리라는 것을 안다. 밖에 나오니 공기는 상쾌하고 비는 오지 않는다. 롱 레인을 따라 서둘러 걸으며 웅웅거리는 냉장 트럭을 지나 정육 시장 짐꾼들의 담배 연기와 잡담 속으로 들어선다. G를 안심시키려고 어깨에 손을 얹는다. 이제 그는 조용하고 차분하다. 식당 창문에 우리의 모습이 비친다. 우리는 정물화다. 〈노인과 나〉. 씨발.

---

* 런던 소재 세인트바살러뮤스병원의 약칭.

병동 사람들은 친절하고 우리를 안다. 우리는 의사들, 간호사들과 서로 이름을 부를 정도로 친한데, 그건 좋은 일이긴 하지만 나쁘기도 한 것이, 그만큼 우리가 자주 여기에 왔다는 사실을 말해주기 때문이다.

병실은 일인실이고 개별 욕실이 있다, 아, 다행. 마스크나 장갑을 끼지 않아도 되고 규칙도 없으며 면회 시간 제한도 없는 것은 이곳이 완화 의료 병동이기 때문이다. 감염 진행 상태를 관찰하기 위해 두 시간 또는 네 시간 간격으로 꼼꼼하게 체온이 측정되고, 하루하루는 단조로운 투약 일정에 따라 흘러간다. 많은 이들이 자살을 생각하고 식사를 거부한다. 강제 급식을 당하지는 않으며 그 바라 마지않는 종말로 천천히 흘러가도록 허용된다. 죽은 이들은 모든 혈액 유래 바이러스의 경우에 그렇듯이 시체 주머니에 넣어져 영안실로 재빨리 이송되고, 그러고 나면 호의적인 장례 책임자가 그곳으로 찾아와 편견 없는 주의를 기울이며 바라본다. 간호사 중 다수는 남자고 그중 다수가 게이다. 이 특정한 병동에서 일하기로 자원한 사람들이다. 그들이, 특히 젊은 사람들이 무슨 생각을 하고 있을지는 상상도 되지 않는다.

G를 여기에 남겨두고 다시 돌아오지 않는다면 어떨까 생각해보곤 했다. 더럽혀진 침대보를 갈거나 가슴의 정맥 포트를 세척할 필요 없이 그를 여기에 영영 남겨두는 것이다. 손을 떼는 것이다, 영

영. 하지만 난 그럴 수 없었지, 안 그래? 언젠가 한창 열정에 들떠 있을 때 나는 그를 위해서라면 무엇이든 하겠다고 선언했다. 그래서 지금 이것이 그를 위한 '무엇이든'이다. 지금 우리의 몸은 얼마나 부끄럽니, G. 우린 얼마나 슬프니. 그는 내가 머리를 빗겨주면 좋아하는데 자신이 여전히 잘생겼을 때가 떠오르기 때문이다. 나는 빗질을 해준다. 그리고 아직도 잘생겼다고 말해준다.

불을 끄고 그에게 내일 다시 오겠다고 말한다. 병동에서 연락할 수 있도록 그의 부모님 전화번호를 남겨두는 것은 나는 그분들과 연락이 닿지 않기 때문이다. 그러니까, 은유적으로. 집으로 가서 몇 시간 눈을 붙인다.

이틀 전에, G의 병실 밖 복도를 걷다가 젊은 남자 하나를 만났다. 내가 자신의 병실 앞을 지나가는 소리를 들은 그가 나를 안으로 불렀다. 내가 문가에서 좀 머뭇거린 것은 그의 침대에 드리운 노란 가을 햇빛에 잠시 놀랐기 때문이다. 코 한쪽 측면에 육종이 크게 돋아났고, 화학요법 때문에 머리가 빠지는 중이었다. 그가 미소를 지었다.

이름이 크리스라고, 자기 부모님은 아들이 아직도 아시아에서 배낭여행중인 줄 알고 있다고 말했다. 그 말 뒤로 이어진 고요 속에서 나는 의자를 침대 옆에 가져다놓고 앉았다. 며칠 전에 그의 두 친구, 젊은 남자와 여자가 문가에서 서성이는 것을 봤는데, 그들은 어디 있느냐고 내가 물었다.

브리스틀로 돌아갔어요, 그가 말했다. 거기가 고향이야? 내가 물었다. 네, 그가 말했다. 내가 브리스틀을 좋아한다고 말했더니 그는 우리가 거기에서 만났더라면 더 좋았을 거라고 말했다. 나는 웃음을 터트렸다. 내게 들이대는 거냐고 물었더니 그의 눈빛이 밝아졌다. 긍정의 뜻으로 받아들일게, 나는 말했다.

그가 내게 여기 있는 이유를 묻기에 나는 G에 대해 말했다. 축약한 버전으로, 당연히. 모든 이들의 이야기가 다 같다.

그는 의사가 부모님께 편지를 써보라고 권했다고 말했다. 그가 오른손을 올렸는데 온통 붉게 부어 있었다. 이어 그가 내게 편지 쓰는 걸 도와주겠느냐고 물었다. 나는 그러겠다고 말했다. 당장 시작하고 싶은지 물었더니 아니라고 했다. 내일이 좋겠다고.

내일이 왔고, 우리는 '엄마, 아빠께' 이상은 나아가지 못했다.

하지만 오늘은 조금 더 쓸 수 있었는데, 그가 슬픔에 휩싸이면 나는 펜을 내려놓고 그의 발을 문지르기 시작한다. 반사요법이 요즘 아주 핫하거든, 하고 나는 말한다. 그가 믿을 수 없다는 듯 나를 쳐다본다. 좀 맞춰줘라, 나는 말한다. 그의 발은 차가운데 내가 만지자 그가 미소를 짓는다. 이건 진지한 관계로 가보자는 의미예요? 그가 말하자 내가 대답한다, 아, 그렇지, 넌 이제 내 거야. 그러자 그의 미소가 그리 오래되지 않았을 소년 시절을 소환하고 나는 완전히 무장해제된다.

내 지갑 좀 이리 줘봐요, 그가 말하고 나는 시키는 대로 따른다. 열어봐요, 그가 말한다. 바로 안쪽에 여권 사진이 있다. 그렇게 잘 나온 사진은 아니에요, 그가 말한다.

사진은 잘 나오는 법이 없지, 나는 그렇게 말하고 사진을 꺼낸다.

이 년 전이에요, 그가 말한다. 열아홉이었죠.

그런 식의 변화를 전에도 본 적이 있으므로 이제 내 얼굴은 충격을 드러내지 않는다. 맑은 피부, 숱 많은 금발, 솜털이 보송보송한 턱. 안경.

넌 사랑스러워, 나는 말한다.

그렇지 않아요, 그가 말한다. 하지만 나중에 머리카락도 다시 날 거고—

차를 좀 가져올까? 나는 갑자기 밖으로 좀 나가야 할 것 같아서 그렇게 말한다.

난 문란하지 않았어요, 그가 단호히 말한다.

나는 걸음을 멈춘다. 매복 공격을 당한 것이다. 그 병에 대한, 편견에 대한, 언론에 대한, 교회에 대한 그의 조용한 방어에.

난 그 사람이 누군지 알 것 같아요, 그가 말한다. 알 수 있지 않나요? 되돌아보면. 어떤 사람한테 들은 말이거든요. 형은 그걸 믿어요?

난 내가 뭘 믿는지 잘 몰라, 나는 날카롭게 대답한다. 이런 일을 겪어 마땅한 사람은 없어. 그게 내가 아는 전부야. 넌 사랑스러워.

나는 병실을 나온다. 주전자와 조리 기구 서랍에 분노를 쏟아낸다. 내가 차 끓이는 소리를 간호사들 모두가 들을 수 있다, 내가 차 끓이는 소리를 망할 놈의 런던 전체가 들을 수 있다. 쟁반 위에 먹고 싶지도 않은 비스킷을 잔뜩 올려 그의 병실로 돌아간다.

음식 먹는 건 좀 어때? 내가 묻는다.

지금은 그리 좋지 않아요, 그가 말한다.

그럼 이것들은 다 내 거네, 나는 그렇게 말하고 의자에 앉아 초콜릿 버번 비스킷을 허벅지 위에 놓는다.

뚱뚱해져요, 그가 말한다.

지금도 뚱뚱해, 하고 나는 스웨터를 위로 올린다. 이게 어제는 여기 없었거든, 나는 말한다. 무단 침입한 거야.

그가 웃음을 터트린다. 사랑에 빠져본 적 있어요? 그가 묻는다.

나는 그를 쳐다보고 눈을 흡뜬 후 곧바로 후회한다.

난 없어요, 그가 말한다. 해봤으면 좋았을 텐데.

다 과장이야, 나는 비스킷을 입에 쑤셔넣으며 말한다. 침묵 속에서 계속 먹는다. 쑤셔넣고 먹고, 내가 뭔가 잘못했다는 것을 알기 때문에.

내게 그러지 마요, 그가 말한다.

뭘 그러지 마? 내가 말한다.

아무것도 아닌 것처럼 말하는 거요. 나는 경험하지도 못할 것들인데. 존나 한심하네. 그게 다 과장이라고 생각했다면 형은 참 불

쌍한 사람이에요. 씨발, 나 같으면 실컷 즐겼겠다.

책망을 들은 나는 감정을 저멀리 떼어놓고 일어선다. 스웨터에 비스킷 부스러기가 박힌 처량한 인간.

이제 가셔도 돼요, 그가 등을 보이고 돌아누우며 말한다. 그리고 문 좀 닫아줄래요?

그가 요구한 대로 한다. G의 병실로 간 나는 그의 위로가 필요하지만 그는 잠들어 있고 죽어가고 있다. 난 존나 한심하다. 그곳을 나온다.

집. 창문을 여니 차가운 런던의 공기가 밀려들고 그와 함께 끊이지 않는 사이렌과 차 소리가 들린다. 내가 사랑하게 된 소리. 테이블 위에서 양초가 타오르고 월하향 향기가 나를 에워싼다. 때로 이런 향기로운 몽롱함 속에서 나는 병원을 잊는다. 아주 가끔, 손에 잔을 들고 불꽃 옆을 지나 걸어가면 그 좋은 느낌이 나를 다시 채워줄 때도 있다. 이 모든 것으로 내가 정의되는 것은 싫다. 우리는 모두 이보다 훨씬 더 큰 존재였던 적이 있다.

와인을 따른다. 크리스를 생각하고 그와 있을 때 내가 어떻게 행동했는지를 생각한다. 나는 사랑받으려고 애쓴다, 늘 그래왔다. 사람들의 고통을 덜어주려고 애쓴다. 그렇게 애쓰는 것은 나 자신의 고통을 마주할 수 없어서다.

담요를 둘러쓰고 발코니에 앉는다. 춥지만 병동이 너무 더우니 추위도 반갑다. 무릎 위에 흑백사진 한 장을 세워서 들고 있다. 1969년에 생라파엘의 바에서 파스티스*를 마시고 있는 나와 엘리스. 우리는 열아홉 살이었다. 밤에 사진사가 바를 순회하며 명함을 나눠주고 다녔던 기억이 난다. 다음날 그의 스튜디오로 가면 사진을 볼 수 있었고, 그래서 그렇게 했다. 엘리스는 사기일 거라고 생각했기에 나 혼자 갔다. 안으로 걸어들어가자마자 이 사진을 봤다. 핀으로 꽂힌 수십 장의 사진들 중 이 사진에 내 시선이 온통 쏠렸다. 우리가 얼마나 아름다운지 보고 있으니 고통스럽다.

볕에 탄 얼굴, 브레턴 셔츠, 프랑스에서 닷새째 머무른 그때는 마치 현지인이 된 기분이었다. 우리는 매일 밤 해변에 있는 그 바에 갔다. 낮에는 샌드위치를 팔고 밤에는 꿈을 파는 허름한 판잣집. 뭐, 나는 그런 표현을 썼는데 엘리스는 오글거린다고 했지만 사실은 좋아했다, 내가 안다. 꿈에 대한 부분 말이다. 누군들 안 좋아할까?

사진에 포착된 순간에, 우리는 살뤼**! 살뤼! 하며 잔을 부딪치고 잔에서는 아니스 씨 냄새가 달콤하고 매력적으로 올라온다. 헤이! 한 남자의 목소리에 우리는 고개를 돌린다. 번쩍! 순간적으로 캄캄해지는 눈앞, 바에 기댄 우리의 등. 우리는 실눈을 뜬다. 명함

---

* 아니스 향료를 넣은 프랑스 술.
** '안녕'이라는 뜻의 프랑스어.

하나가 내 손에 쥐어진다. 사진사가 말한다, 드맹, 위?* 나는 미소를 지으며 말한다, 메르시**. 사기야, 엘리스가 속삭인다. 너야말로 사기다, 인마, 나는 말한다.

　구운 문어 냄새가 우리를 바깥 테라스로 꾀어냈다. 황마黃麻 매트가 깔린 테라스는 모래밭으로 이어져 있었다. 우리는 밤하늘과 구분 없이 합쳐진 잔잔한 검은 바다를 바라보며 서 있었다. 고깃배들의 불빛이 너울 위에서 우아하게 일렁거렸고, 뒤에서는 프랑수아즈 아르디의 노래 〈Tous les garçon et les filles〉이 흘러나왔다. 나는 담배에 불을 붙이며 영화 속에 들어와 있는 것 같다고 느꼈다. 공기가 부글거렸다.

　언젠가 이 모든 걸 애니에게 얘기한 기억이 난다. 그런데 엘리스 그 자식은 아무것도 기억하지 못했다. 가끔은 정말 실망스러운 녀석이다. 고깃배도, 프랑수아즈 아르디도, 얼마나 훈훈한 저녁이었는지도, 부글거리던 공기도 기억하지 못하고……

　"부글거려?" 엘리스가 말했다.

　그래, 나는 말했다. 가능성 혹은 어쩌면 흥분으로 부글거렸다고. 기억하지 못한다고 해서 과거가 없어지는 건 아니라고, 나는 그에게 말했다. 그 소중한 순간들은 어딘가에 남아 있다고.

---

* '내일, 알았죠?'라는 뜻.
** '고마워요'라는 뜻.

엘리스는 '소중한'이란 말 때문에 쑥스러운 것 같아, 애니가 말했다.

아마도, 나는 그를 바라보며 말했다.

와인을 조금 더 따르고 자리에서 일어선다. 도시 풍경을 내다보며 런던이 참 예쁘다고 생각한다. 길 위의 창문을 내린 차에서 음악이 올라온다. 데이비드 보위의 〈Starman〉. 차는 가버리고 밤은 적막에 빠져든다.

병원으로 돌아와 G의 병실에 있다. 그의 손을 잡고 속삭인다, 카드뮴 오렌지, 세룰리안 블루, 코발트 바이올렛. 그가 뒤척인다. 그의 머리를 쓰다듬는다. 옥사이드 오브 크로뮴, 네이플스 옐로 라이트. 그에게 불러주는 색채의 자장가다. 문가에 누가 서 있는 것이 느껴져 고개를 돌린다.

일어났네, 나는 말한다. 다시 보니 반가워.

이 사람이 G예요? 크리스가 묻는다.

가장 멋진 모습이라고 할 순 없어, 유감스럽게도.

무슨 말을 해주고 있었어요? 크리스가 묻는다.

물감 색이름. 화가였거든.

다정하시네요, 그가 말한다.

그리고 넌 좋아 보이고, 내가 말한다.

T세포가 생겼어요, 그가 말한다.

입다물어, 나는 말한다, 안 그럼 다들 달라고 할 거야.

그가 웃는다. 병원 사람들이 제가 나아지는 것 같대요.

정말 그런 것 같네.

형에게 화가 났었어요.

알아.

그런데 형과 얘기하던 때가 그리웠어요.

난 딜레마야, 내가 말한다.

친구들이 케이크를 보내줬어요, 그가 말한다. 오늘은 먹고 싶은 생각이 드네요.

이건 초대장인가?

올리브 가지*예요.

케이크는 맛이 좋다. 초콜릿, 너무 달지 않은, 그리고 그 끔찍한 말을 쓰자면, '물기 많은moist'** 케이크. 우리는 반을―대부분 내가―먹어치우고, 속이 더부룩해진 나는 의자에 퍼질러 앉아 그의 침대 위에 발을 올린다. 양말 때문에 창피해진다. 수건 천으로 된 녹색 양말로 욕실 바닥을 청소할 때 신는 건데, 제기랄, 어째서 그

---

* 평화의 상징으로서 화해의 손짓을 의미한다.
** 'moist'는 영어 사용자들 사이에 널리 인정되는 혐오 단어이며, 배설물을 연상시키기 때문이라는 연구 결과도 있다.

게 내 좋은 물건 서랍에 들어가 있었는지 도통 모르겠다.

여기 이거, 나는 양말이 아닌 다른 곳으로 그의 관심을 돌리기 위해 말한다. 그에게 사흘 전에 보고 있었던 사진을 건넨다.

이게 나야, 나는 말한다. 열아홉 살이고. 1969년.

그는 안경을 쓰고 사진을 눈앞으로 가까이 가져간다. 정말 어려 보이네요, 그가 말한다.

감사, 나는 말한다.

이 사람은 누구예요? 그가 묻는다.

엘리스, 나는 대답한다.

둘이 사귀는 사이였어요?

그런 것 같아, 나는 말한다. 그때는 그랬어.

어디서 찍은 사진이에요?

프랑스에서, 남부 지방.

두 사람 멋지네요.

그래, 그렇지?

형 첫사랑이었어요?

응. 유일한 사랑일 거야, 아마도.

죽었어요?

아이고, 아니야. (아이고, 아니야, 모두가 죽는 건 아냐, 난 그렇게 말하고 싶다.)

지금 어디에 있어요?

옥스퍼드. 아내가 있어. 애니.

그 사람 아직도 만나세요?

아니, 나는 말한다.

크리스가 나를 쳐다본다. 왜요?

왜냐면…… (그리고 나는 이 질문에 어떻게 대답해야 할지 모른다는 사실을 깨닫는다.) 왜냐면 연락이 끊겼거든. 내가 끊었어.

다시 연결하면 되죠.

그렇지. 그러면 되지.

그 사람이 이런 사정을 아는 게 싫어요? 수치스러워요?

아니지! 그건 아니야, 나는 말한다. 아니야. 좀 복잡해.

그렇지 않아요, 안 그래요? 인생은 이제 복잡하지 않아요, 형이 말했잖아요. 이 모든 걸 겪으면 인생이 단순해져요.

좀 복잡하다고, 나는 다시 말한다. 내 목소리가 까칠해지자 그는 더 추궁하지 않는다.

대신에 그는 내 양말을 자꾸 잡아당긴다.

알아, 나는 말한다. 흉측하지.

어서. 네 편지나 계속 쓰자, 나는 말한다.

오늘은 쓰고 싶지 않아요, 그가 말한다. 이 일에 대해 알고 싶어요. 그가 내 얼굴 앞에 대고 사진을 흔든다.

아, 맙소사, 하고 나는 침대에서 발을 내린 뒤 한숨을 푹 쉬고 등을 쭉 편다.

그가 말한다, 이제 곧 엄청 무거운 물건을 들려고 준비하는 사람 같아요.

하! 딱 적절한 말이구나, 나는 말한다.

처음 본 순간부터 키스하고 싶었어. 이 말은 엘리스에 관해 얘기할 일이 있을 때 내가 즐겨 쓰고 좋아하는 서두야. 그를 향한 욕망이 낯선 곳에 살게 된 내 처지에서 비롯된 것인가 자문해보곤 했지. 누군가와 함께 어울릴 필요가 있었고, 누구라도 기꺼이 사랑할 마음 상태였기 때문인지. 혈육을 여읜 뒤라서, 비록 그즈음엔 남부 지방의 하늘보다 더 먼 존재가 된 아버지였어도, 그런 이유는 아닌지.

옥스퍼드의 내 방 창가에 서 있는 엘리스와 내 모습이 떠오른다. 밤이야. 여름밤의 공기는 끈적끈적하고 우리는 웃통을 벗은 채 파자마 바지만 입고 있지. 우리 나이? 열다섯, 아마도. 창문이 열려 있고 우리는 풀이 웃자란 교회 묘지를 내다보고 있어. 그때의 어둠에는 그 나름의 냄새가 있는데, 비옥하고 쿰쿰하고 풀처럼 비릿하고 흥분되는 냄새야. 우리는 십자가들 아래에서 섹스 소리가 올라오는지 귀를 기울이고 있지. 술꾼들이 잠시 다정한 순간을 위해 가는 곳이 거기니까.

난 초조해. 엘리스를 똑바로 볼 수가 없어. 그의 바지에 손을 넣고 만져. 엘리스가 날 밀쳐버릴까봐 두렵지만 그는 그러지 않아.

나를 어두운 구석으로 밀고 간 뒤, 내가 손으로 만져주는 동안 가만히 있어. 나중에는 부끄러워하면서 고맙다고 하고 내게 괜찮냐고 물어. 최고야, 나는 대답하고 우린 함께 웃지.

우리만의 세계는 그렇게 시작되었어. 우리가 누군지, 혹은 무엇인지 얘기하지 않은 채 그저 상대의 몸으로 실험을 하던 곳. 그리고 몇 년이 흐르도록 그걸로 충분했지.

가끔은 궁금했어. 엘리스가 내게 이끌리는 것은 주변에 나밖에 없어서인지, 일종의 해소가 아닌지. 그런데 열여덟 살 때, 엘리스가 더블데이트를 하자고 하더라. 우리는 여자애들과 영화관에 갔고 진한 키스도 했고, 그러고는 그애들을 집으로 가는 버스에 태워보냈지. 그런 다음, 함께 내 방으로 돌아와 옷을 벗었어. 마치 그것이 가장 정상적인 저녁의 마무리인 것처럼. 진한 커피나 애프터에이트 민트 초콜릿처럼 말이야. 내가 게이인 걸 자각했느냐고? 그랬지, 그 무렵엔. 하지만 그런 구분과는 무관했어. 우리에겐 서로가 있었고 둘 다 그 이상을 바라지 않았거든.

1969년 8월에, 순전히 우연한 기회로 프랑스에 가게 되었어. 〈옥스퍼드 타임스〉에서 함께 일하던 기자가 매년 프랑스에 있는 빌라로 여행을 가는데 예정된 날을 두 달 앞두고 취소할 일이 생긴 거야. 나는 그 사람이 그 이야기를 다 마치기도 전에 말했어, 내가 갈게요! 내가 그 방을 쓸게요. 그 사람은 그렇게 열을 내는 내가 재미있다고 생각했는지 바로 그날 프랑스에 전화를 걸어 예약을 확정

했고 내게 기차 타는 방법을 모두 얘기해줬어.

자동차 공장으로 달려가 교대 근무를 마친 엘리스를 만났지. 무슨 일이야? 그가 물었어. 우리 프랑스에 갈 거야, 내가 말했고. 뭐라고? 그가 물었지. 프랑스, 내가 대답했고. 프랑스, 프랑스, 하면서 내가 쿡쿡 찔렀더니 엘리스는 완전히 소심해져서 그러더라, 그만해, 여기선 안 돼, 사람들이 보잖아.

하지만 그 여름이 좀처럼 오지 않는 거야. 기다리는 몇 주 동안 우리 사이에 어떤 변화가 생겼는데, 좀 부드러워졌달까, 그렇게밖에 표현할 말이 없네. 우리 앞에 달라질 기회가 놓여 있다는 것을 알아서였겠지.

페리 갑판에 서서 멀어지는 도버해협을 바라보던 기억이 난다. 우리는 난간에 손을 올리고 새끼손가락을 서로 맞대고 있었어. 여행의 흥분이 뱃속을 훑고 지나가면서 엘리스에게 키스하고 싶은 충동이 일었지만, 당연히 그럴 순 없었지. 그런데 갑자기 엘리스의 손가락이 내 살갗 위로 움직이는 거야. 그때 내 몸에 일어난 전기만으로 그 배의 모든 전등을 켤 수도 있었을 거야.

칼레에 도착한 후, 여덟시 조금 못 미쳐 특급열차를 탔지. 해협을 건너왔다는 것 자체가 정말이지 믿기지 않았던 기억이 나네. 우리 둘 다 그렇게 오래, 혹은 그렇게 멀리 여행한 적이 없었거든. 기차 객실에서 붐비는 복도로 나와 다른 사람들과 함께 담배를 피우며 창문 밖으로 몸을 내밀고 계속 바뀌는 시골 풍경을 바라보는데,

얼굴을 빠르게 스치고 지나가는 공기가 짜릿하더라. 밤이 오자 우리는 비좁은 침대칸에서 뒹굴거렸어. 엘리스는 그림을 스케치하고 나는 책을 읽었지. 종이 위로 슥삭슥삭 움직이는 연필 소리가 들렸고 나는 그애 때문에, 그리고 우리 때문에 너무 신이 났어. 치즈 바게트 하나와 레드 와인 한 컵을 서로 돌려가며 먹고 마시면서 우린 정말 세련된 사람이 된 기분이었어, 정말 그랬지. 그런데 디종에서 우리 객차에 탄 무례한 영업사원이 묻지도 않고 불을 꺼버리는 거야. 그렇게 우리의 눈부신 첫 밤이 끝났고.

기차의 리듬에 맞춰 꾸벅꾸벅 졸던 기억이 난다. 철도변의 삶이 내는 한밤의 소리에 귀를 기울이며 리옹, 아비뇽, 툴롱을 거친 후 생라파엘의 아침 햇빛으로 빠져나왔지. 거기에서 대기중인 택시를 타고 아게로, 그리고 앞으로 아흐레 동안 우리의 집이 되어줄 '빌라 로셰 로즈'로 갔고. 차 안에서 밖을 내다보고는 할말을 잃었어. 하늘의 강렬한 빛에 우리의 입은 침묵할 수밖에 없었지.

하얗고 널찍한 우리 방에는 싱글 침대 두 개가 연파란색 덧창을 바라보도록 놓여 있었고 막 비질을 한 테라코타 바닥에서는 진한 소나무 향을 띤 냄새가 났어. 덧창을 열었더니 햇살이 방으로 내리꽂히더라. 원경에는 에스테렐산맥의 붉은 암석이 웅장하게 자리했고 근경을 차지한 것은 창가에 매달린 화분에서 자라는 월하향이었지. 이보다 더 아름다운 건 본 적이 없었다고 기억해. 그래서 그 순간 도라가 생각나서 말했지, 너희 엄마가……

그 말에 엘리스는 항상 그러듯이 알아, 하고 말았어. 본능적으로 문을 닫아버리는 거야, 너무 고통스러워 열 수가 없어서.

집주인 마담 쿠르니에가 손으로 그려준 인근 지도를 들고 우린 곧바로 자전거를 타고 생라파엘로 가서 사람들이 빽빽하게 들어찬 해변의 소박한 한 자리를 차지했어. 색색의 해변 수건들이 어찌나 화려하게 깔려 있는지 우리의 낡은 회색 수건이 민망하더라고. 며칠을 그렇게 보냈어. 피부가 코코넛 오일의 광택 아래에서 지글지글 타서 갈색이 되면 지중해의 여린 물결에 몸을 식히고 치유했지.

그전의 과거란 존재하지 않는 듯한 느낌이었어. 이 새로운 지역의 색채와 냄새가 기억을 지워버린 것처럼, 매일 첫날이 되돌아와 모든 것을 다시 경험할 기회를 주는 것처럼. 나 자신을 가장 충만하게 자각했던 날들이었다. 혹은 내 정체성, 내 능력과 가장 조화를 이루며 존재하는 느낌이었다고나 할까. 참된 순간, 운명과 설계가 맞부딪쳐 모든 것이 가능할 뿐만 아니라, 손닿는 거리에 바짝 다가와 있는 순간이었어. 그리고 난 사랑에 빠졌지. 미친듯이, 독하게 취한 듯이. 엘리스도 그랬을 거라고 생각해. 잠깐뿐이었더라도. 하지만 정말로 알진 못해.

우린 해변의 바에서 파스티스와 프랑수아즈 아르디를 섞은 칵테일에 취해 있었는데, 늦은 시간이었고 뒤에서는 유리잔 치우는 소리가 들렸어.

이리 와, 엘리스가 말했고 우리는 테라스 너머로 나가 맨발로 모래의 찬 기운을 느꼈지. 자전거를 세워둔 곳에서 멀어지며 해변을 따라 계속 걷다가 만의 끝부분, 도로가 프레쥐스 해변 쪽으로 돌아나가는 곳에 있는 바위들 위로 기어 올라갔어. 위쪽 산책로를 오가며 말소리를 내는 사람들의 눈에 띄지 않는 은폐된 곳이었어. 우리는 도로와 바다까지의 거리가 동일한 커다란 바위 옆에 자리를 잡았지. 엘리스가 주변을 살피더니 재빨리 옷을 벗기 시작하는데, 너무 그애답지 않은 행동이라 난 웃음을 터트렸어. 반바지를 벗어던지고 알몸이 된 엘리스가 하얀 궁둥이를 흔들며 바다로 달려가더니 해변에서 멀리 헤엄쳐 나가 몸을 뒤집고 둥둥 떠 있는 거야. 나는 허둥지둥 옷을 벗고 뒤따라갔어. 헤엄을 쳐서 엘리스에게 다가간 뒤 물속에 잠수한 채로 그애를 아래로 당겨 키스했지. 실랑이 같은 건 없었어. 웃으며 물위로 솟구친 우리는 서로에게 다가갔고, 나는 가슴에 닿는 그의 가슴을, 다리에 감기는 그의 다리를 느끼면서 바로 그 순간, 집에서 멀리 떠나온 그곳에서, 엘리스의 눈을 보고 알 수 있었어. 모든 것이 달라진 거야.

갑자기 우린 물가로 휘적휘적 걸어가 축축한 모래 위에서 서로의 몸 위로 쓰러졌어. 취한 채로 알몸으로 공개된 장소에 있다는 짜릿한 흥분이 우리 몸을 휘감았지. 한동안 꼼짝도 하지 않았는데, 둘 다 다음에 무슨 행동을 취해야 하는지 몰랐기 때문이야.

불쑥 튀어나온 바위 그늘 속으로 다시 기어들어 서로의 성기를 움켜쥐고 서로의 입을 실컷 맛보다가, 가까이 있는 위편 도로가 자꾸 신경쓰여 불안해지고 말았어. 왼쪽으로 돌아나가는 차량 불빛이 모래 위로 깜빡깜빡 드리우면 우리의 뒤얽힌 다리와 발이 순간적으로 드러나는 거야. 우리는 자꾸만 얼어붙어 밤에 해변을 순찰하는 경찰관들이 다가오나 귀기울이다, 발각될까봐 너무 두려워져 허둥지둥 옷을 입고 자전거를 놔둔 산책로까지 해변을 달려갔어.

전날까지 매일 밤 마무리 의식처럼 먹었던 따뜻한 브리오슈를 사러 빵집에 들르지도 않고 계속 자전거를 타고 갔어. 인적 없는 도로 위에서 서로 손을 잡고 달리다가 가끔은 어두운 해안 도로 가장자리로 아슬아슬하게 밀려나기도 했고. 이따금 앞에서 갑자기 나타난 차들이 반대 방향에서 오는 사람이 있을 줄 모르고 차선을 무시하고 달리다가 부랴부랴 핸들을 틀어 제 차선으로 되돌아가기도 했지.

빌라에 도착해서는 자전거를 옆문 근처에 놔두었어. 엘리스가 열쇠를 꺼냈고 우리는 살며시 복도로 들어가 삐걱거리는 중앙 계단을 피해 재빨리 방으로 들어갔지. 덧창은 닫혀 있었고 공기는 잠잠했어. 서로 모르는 사람들처럼 행동하는 우리 단둘뿐이었고. 난 너무 긴장해서 침도 못 삼키겠고. 우리 둘은 뭘 해야 할지 알 수 없어서 그저 본능에 모든 것을 내맡겼어.

하고 싶어, 내가 말했어. 나도, 엘리스가 말했고.

엘리스가 문을 잠갔어. 수건을 늘어뜨려 열쇠 구멍을 가렸지. 우리는 참을 수 없이 부끄러워하며 각자 따로 옷을 벗었어. 뭘 어떻게 해야 하는지 몰라, 그가 말했어. 나도 몰라, 내가 말했고. 나는 누워서 다리를 벌렸어. 그를 내 몸 위로 끌어당기고 천천히 해야 한다고 말했지.

아침을 차리는 소리가 아래층에서 올라왔어.

르 카페 에 프레!* 마담 쿠르니에가 외쳤어.

잠에서 깨자마자 배가 고프더라. 이불에서 빠져나와 창가로 걸어가 덧창을 열었더니 따뜻한 산들바람이 내 몸을 휘감았어. 잠들어 있는 엘리스를 돌아보았어. 깨우고 싶었지. 다시 처음처럼 그를 원했어.

창가에서 나와 수영복을 입었어. 침대 옆에 무릎을 꿇고 앉아 생각했지, 엘리스가 곧 깨어나 어젯밤에 무슨 일이 있었나 생각할 거야. 그리고 그건 자신이 무엇이 되었다는 의미인가 생각하겠지. 그러면 수치심과 함께 스멀스멀 다가오는 제 아버지의 그림자를 느낄 거야. 난 엘리스를 잘 아니까 그럴 거라는 걸 알아. 하지만 그러도록 놔두지 않을 거야.

엘리스가 뒤척였어. 그러다 눈을 뜨고는 얼떨떨한 채로 일어나 앉아 머리칼의 소금기를 긁적거렸어. 그러다 마침내―너무나 갑자기―떠올랐지. 벌게진 얼굴, 당혹감, 거리감. 하지만 완전히 자

---

* '커피 다 됐어요!'라는 뜻의 프랑스어.

리잡기 전에 내가 막았어. 지난밤엔 정말 굉장했어, 내가 말했어. 굉장해, 굉장해, 굉장해. 그리고 배에 키스하며 아래로 내려가— 굉장해—내 입안에 그를 꽉 채웠고, 우리는 질식할 지경이 되도록 절정을 억눌렀어.

아침에 다시 해안 도로를 달려 불루리를 지나고 부겐빌레아가 곳곳에 피어 있는 황토 절벽을 지났어. 중간에 엘리스가 속도를 늦추고 뒤처지더라. 그러더니 자전거에서 내려 도로변에 세워두고 만을 굽어보는 곳의 가장자리까지 걸어갔어. 나도 되돌아가 엘리스의 자전거 옆에 내 것을 놔두었지. 고깃배들이 출항했고 바다는 잠잠한데 햇빛이 하얗게 부서졌어. 우리는 절벽 끄트머리에 나란히 앉았지.

왜 그래? 내가 물었어.

집에 돌아가지 않으면 어떨까? 엘리스가 말했지.

진심이야? 내가 물었어.

안 가면 어떨까? 우리 일할 수 있을까?

물론. 포도를 따도 되고. 호텔이나 카페에서 일할 수도 있겠지. 다들 그러잖아. 우리도 할 수 있어.

메이블은 어떡하고? 엘리스가 물었어.

메이블은 이해할 거야, 내가 말했지.

엘리스의 등에 손을 얹었는데 밀어내지 않았어.

넌 그림을 그리고 난 글을 쓰면 돼, 내가 말했지.

엘리스가 나를 바라보더라. 얼마나 멋지겠어? 내가 말했어. 그렇지, 엘?

그리고 남은 나흘 동안—남은 아흔여섯 시간 동안—우리는 우리가 아는 모든 것에서 멀어진 미래의 지도를 그렸다. 그 지도의 벽에 균열이 가면 서로에게 용기를 불어넣으며 다시 지어 올렸지. 우리의 집을 상상할 때는 잡동사니와 와인과 그림으로 가득찬 석조 헛간과 야생화와 벌이 무성한 주변 들판을 떠올렸어.

빌라에서의 마지막날이 기억나. 애초의 계획은 그날 저녁에 출발해 다시 침대차를 타고 영국으로 돌아가는 것이었지. 나는 불안과 흥분이 뒤범벅된 채 안절부절못하며 엘리스가 조금이라도 떠나려는 기색을 보이는지 살펴보았지만 그러진 않더라고. 세면도구는 욕실 선반에 그대로 있고 옷가지는 바닥에 흩어져 있었지. 우리는 평소처럼 해변으로 나가 늘 가던 곳에 나란히 누워 있었어. 햇볕이 강렬했고 우리는 별로 말이 없었지. 무엇보다 프로방스로 이주하자는 계획, 라벤더와 햇빛의 고장으로, 해바라기가 핀 들판으로 가자던 그 계획에 대해서도 아무런 언급이 없었고.

시계를 쳐다보았어. 거의 다가오고 있었어. 드디어 이루어지고 있었지. 난 계속 혼자 되뇌었어, 엘리스는 하고야 말 거다. 침대에서 졸고 있는 그애를 놔두고 가게에 가서 물과 복숭아를 샀어. 그곳이 내 새로운 집이라도 되는 것처럼 거리를 걸었지. 모든 사람에게 봉주르, 인사하며 맨발로 걷고 있는 나는, 아 얼마나 자신만만

하고 자유로웠는지. 나중에 함께 외식해야겠다, 단골 바에 가서 축하해야겠다, 그런 상상도 했지. 그리고 메이블에게 전화해야지. 메이블은, 난 다 이해한다, 하실 거다.

난 빌라로 달려갔고, 계단을 뛰어올라갔고, 그리고 죽었다.

침대 위에 우리 배낭들이 열린 채 놓여 있는데 신발은 이미 안에 챙겨넣었더라. 난 문가에서 엘리스를 바라보았어. 그애는 아무 말도 하지 않았는데 눈가가 붉더라고. 옷을 깔끔하게 개면서 빨랫감은 별도의 가방에 싸고 있었고. 난 울부짖고 싶었어. 엘리스를 감싸안고 기차가 역을 떠날 때까지 붙잡아두고 싶었어.

가면서 먹을 물과 복숭아를 사왔어, 나는 말했지.

고마워, 엘리스가 말했어. 넌 모든 걸 생각하는구나.

널 사랑하니까, 내가 말했어.

엘리스는 나를 쳐다보지 않았어. 변화가 너무 빨리 일어나고 있었어.

택시가 오는 거야? 내 힘없는 목소리가 갈라졌어.

마담 쿠르니에가 데려다줄 거야.

열린 창가로 가니 월하향 향기가 진하게 올라오더라. 담배에 불을 붙이고 하늘을 쳐다봤어. 비행기가 보랏빛 하늘을 가르는 선명한 주황색 항적을 남기고 날아가는 것을 보았지. 그러면서, 우리의 계획들이 저멀리 어딘가에 존재한다는 건 얼마나 잔인한 일인가, 생각했던 기억이 나네. 우리 미래의 다른 버전이 저멀리 어딘가에서 영원히 궤도를 돌고 있다니.

파스티스가 한 병 있는데 어떡하지? 엘리스가 물었어.

나는 미소를 지으며 말했지, 네가 가져가.

침대차가 덜컹덜컹 북쪽으로 달리며 열흘 전의 여정을 되밟아 가는 동안 우리는 침대에 누워 있었지. 객실 안은 어두웠고 가끔 문 아래 틈으로 복도의 빛이 스며들었어. 덥고 답답하고 땀냄새가 났지. 어둠 속에서 엘리스가 내게로 손을 늘어뜨리고 기다리더라. 난 어쩔 수 없이 손을 뻗어 잡았지. 손가락 끝에 아무 감각이 없다는 걸 깨달았고. 우린 괜찮을 거야, 하고 생각했던 기억이 나. 우리가 무엇이든 상관없이, 괜찮을 거야.

옥스퍼드에 돌아와서는 한동안 서로 보지 않았어. 우리 둘 다 괴로워했고, 그랬다는 걸 알지만, 방식은 각자 달랐지. 때로 사방이 잿빛으로 칙칙한 날에는 책상 앞에 앉아 그 여름의 열기를 기억했어. 바람에 실려오던 월하향 향기, 온갖 냄새가 밴 팬 위에서 익어가던 문어 냄새를 기억했지. 우리의 웃음소리, 도넛장수의 목소리를 기억했고 내가 바다에서 잃어버린 빨간 캔버스 신발, 파스티스의 맛과 그의 살갗의 맛, 다른 모든 것의 푸르름을 무색하게 하는 푸르디푸른 하늘을 기억했어. 그리고 한 남자를 향한 사랑만으로 모든 것을 이룰 뻔했던 그때의 내 마음을 기억했지.

9월 말이 가까워진 어느 주말, 문 위에 달린 종이 울리더니 엘리스가 가게에 나타났어. 예전과 똑같은 감정이 뱃속을 휘저었고.

네가 가라면 갈게, 엘리스가 말하더라.

난 미소를 지었지, 다시 보니 빌어먹을, 너무 행복한 거야.

방금 와놓고 어딜 가냐, 이 멍청아, 내가 말했지. 자 이거나 도와줘, 하자 엘리스가 가대식 테이블 한쪽 끝을 잡아 벽 쪽으로 함께 옮겨주었어. 술집 갈래? 내가 말했지.

그 녀석이 빙그레 웃더라. 그리고 내가 무슨 말을 하기도 전에 팔을 둘러 날 안는 거야. 그러고는 프랑스의 우리 방에서 하지 못한 말을 그 순간에 모두 말했지. 알아, 난 말했어. 알아. 그를 열 수 있는 열쇠는 내가 아니라는 사실을 이미 받아들였으니까. 그 여자는 나중에 나타났지.

그 시절이 내게 미친 영향을 깨닫기까지 한참이 걸렸어. 손가락 끝의 무감각이 심장까지 전해졌는데도 난 모르고 있었던 거야.

홀딱 반했던 상대도 있었고, 애인도 있었고, 오르가슴도 느껴봤지. 내 욕망의 3요소, 난 그렇게 부르기를 좋아해. 그런데 엘리스이후로 위대한 사랑은 없었어. 그래, 없었지. 사랑과 섹스가 너른 강을 사이에 두고 갈라졌어. 사공이 건너기를 거부하는 강. 정신과 의사는 그 비유를 좋아하더군. 그 사람이 받아 적는 걸 봤지. 큭큭 웃음소리, 펜이 종이 위를 스치는 소리.

자, 이게 전부야, 이야기의 끝에 이르러 나는 크리스에게 말한다. 아흐레가 있었고, 그 시간은 날 놓아주지 않았어.

그후에는 정말 다시 사귀지 않은 거예요? 크리스가 묻는다.

안 그랬어. 함께 잘 지냈지. 오로지 친구로만.

크리스는 생각에 잠긴 것 같다. 슬퍼 보인다.

좀 자야겠니? 내가 묻는다.

아마도요.

그럼 난 갈게. 나는 일어선다.

이거 오늘밤에 가지고 있어도 돼요? 크리스가 사진을 들고 묻는다.

그의 물음이 놀랍다. 원한다면, 나는 대답한다.

내일 돌려드릴게요. 우리 내일 볼 거잖아요, 그렇죠?

나는 신발을 신는다. 그래, 나는 말한다, 하지만 내일은 편지 쓰는 날이야.

문가에 갔을 때 그가 내 이름을 부른다. 나는 돌아선다.

크리스가 말한다, 나 같으면 짐을 안 쌌을 거예요. 나라면 기차가 떠나게 두었을 거예요.

나는 고개를 끄덕인다.

다음날, 폭발하는 겨울 햇빛에 모두가 대담해졌다. 크리스가 휠체어를 타고 밖에 나가고 싶어해서 나는 병원 담요를 최대한 많이 덮어주고 머리에는 두꺼운 털모자를 씌웠다. 너무 오래 있진 마세요, 젊은 간호사 클로이가 내게 조용히 말한다. 안 그럴게요, 나는 입 모양으로 대답한다.

우리는 분수 옆에 앉는다. 잔물결 위로 햇빛이 하얗게 춤추고 크리스는 미약한 온기를 받으며 눈을 감고 편지의 마지막 말을 불러준다. 아름다운 편지, 크리스의 부모는 다음날 이 편지를 받을 것이고 그들의 세상은 산산이 부서질 것이다. 그는 이를 알기에 말이 없다.

우린 어디든 갈 수 있어요, 그가 말한다.

갈 수 있지, 내가 말한다.

이탈리아. 로마. 거기 있는 분수가 뭐더라?

트레비? 나는 말한다.

본 적 있어요?

응, 있어.

어때요?

생각보다 시시해, 나는 대답한다.

그가 나를 본다.

좀 요란해, 나는 말한다.

또 그러네, 그가 말한다.

아니야. 진짜로. 이건 그냥 의견이야. 여기보다 별로야, 나는 말한다.

멍청이, 그가 말한다.

나는 히죽 웃는다.

아무 분수에나 동전을 던져도 행운이 올까요? 그가 묻는다.

오지, 정말이야. 난 분수 전문가거든, 나는 그렇게 말하며 주머니에서 동전을 꺼내 크리스에게 준다.

휠체어를 밀어 물가에 가까이 대준다. 물보라가 얼굴에 닿자 그는 눈을 깜박인다. 각다귀처럼 일어나는 미세한 무지개들. 동전이 가라앉는다. 그의 입이 움직이며 소리 없는 희망의 주문을 외운다.

여기서 나가게 해줘요, 그가 말한다.

휠체어 밖으로? 내가 묻는다.

아니. 문밖으로. 여기에서 나가요.

나는 손목시계를 본다. 크리스를 쳐다본다. 그를 입구로 밀고 가다 경계에서 멈춘다.

각오는 했는가? 내가 놀리듯 묻는다. 각오는 했는가? 경계 너머로 살짝 민다.

각오했습니다! 크리스가 대답하고 나는 그를 밀어 분주한 도시로 나간다.

저기로요. 그의 말에 나는 정문 가까이에 있는 벤치에서 멈춘다. 그의 옆자리에 앉아 함께 얼굴에 햇살을 받는다. 우린 어디든 갈 수 있어요, 크리스가 다시 말한다. 그의 파리한 팔이 담요 더미를 헤치고 나와 내 손을 잡는다. 크리스가 눈을 감는다. 로마, 그가 말한다.

새벽 세시, 나는 깨어 있다. 무슨 병에라도 걸렸나 싶다. 머리가 윙윙거리고 맥박 뛰는 소리가 사방에서 들린다. 이따금 심장박동이 멈추면서 나는 진공의 중간 지대에 누워 있다. 무섭다. 이 모든 걸 겪고 싶지 않다, 내 몸이 병에 무너지는 건 싫다. 혼자 있을 때만 그 사실을 인정한다. 전화기를 든다. 그들에게 전화해도 되겠지만 무슨 말을 해야 할지 모르겠다. 어쩌면 애니가 받을지도 모르고 그러면 더 쉽겠지.

애니, 나야, 나는 말할 거다(살짝 처량한 속삭임으로).

마이키? 애니가 말하겠지.

늦었는데 미안해, 하고 말할 거다(존중하는 공손한 태도로).

어디야?

런던, 나는 대답하겠지.

괜찮은 거야? 그녀가 물을 거다.

그래, 정말 좋아, 나는 말하겠지(거짓말로).

우리 둘 다 네가 그리워, 애니가 말할 것이다.

나는 조용히 수화기를 내려놓고 천장을 응시한다. 대화를 다시 상상해본다.

애니, 나야, 나는 말할 거다.

너 목소리가 너무 안 좋은데, 그녀가 말하겠지. 괜찮은 거야?

아니. 나는 울기 시작한다.

지난 나흘간 고약한 감기 때문에 병원에 가지 못했다. 재채기.

콧물과 시린 눈. 증상은 나흘 만에 사라지고, 난 스스로 건강하다고 선언한다. 단순한 감기에 이토록 감사해본 적은 없었다.

그날 오후까지는 병동에 돌아가지 않고 대신 웨스트엔드로 가서 다들 얘기하는 영화를 보기로 한다. 거의 비다시피 한 극장에서 앞줄에 앉은 내 얼굴 위로 매초 일흔두 개의 컬러 프레임이 깜빡이고, 마지막 부분에서 젊은 남자가 책상 위로 올라가 사랑을 담아 외친다. 오 선장님, 나의 선장님!

그리고 거기에 다시 열세 살로 돌아간 내가 있다. 롱브리지스 물놀이터에서, 오래전에 잊은 줄 알았던 시를 암송하는 나. 템스강 수면 위로 햇빛이 어룽거릴 때 휘트먼의 시어가 하나하나 밖으로 튕겨 나온다.

이건 슬픔에 관한 시예요, 나는 도라에게 말한다.

오 선장님! 나의 선장님! 일어나서 종소리를 들으세요;

일어나세요—당신을 위해 깃발이 펄럭이고—당신을 위해 나팔이 울려퍼지니;

당신을 위해 꽃다발과 리본 달린 화환이—당신을 위해 붐비는 해안이;

당신을 위해 술렁이는 군중이 함성을 지르고, 열렬한 얼굴을 돌리니……

도라는 허리를 숙여 내 머리에 입을 맞춘다. 그녀는 물가로 걸어가고 나는 뒤따라 달려간다. 물에 빠진 저를 구하는 척하세요, 하고 말한 나는 강물로 뛰어들어 팔과 다리를 마구 흔들고 휘저으며 한가운데로 헤엄쳐 간다. 도라가 내게로 헤엄쳐 와 등을 뒤로 젖히라고, 힘을 빼라고 속삭인다. 다 괜찮을 거야, 마이클, 그녀가 그렇게 말하며 나를 끌고 그 따뜻하고 잔잔한 물을 건너간다. 가는 내내 나는 시를 읊는다,

오 선장님! 나의 선장님!

나는 크리스에게 영화 얘기를 하고 싶어서 병원으로 달려간다. 병동으로 돌아가면 그에게 할 말을 머릿속에서 몇 번이나 되풀이한다. 문가에 서서 그 시를 처음부터 끝까지 낭송할 것이다. 마치 극장 같겠지. 문가는 무대, 그는 관객, 어쩌면 간호사들이 걸음을 멈추고 들을지도 모른다. 어떤 장면이 펼쳐질지 벌써 알 것 같다. 힘든 날에 생긴 좋은 일. 크리스의 방에 도착했을 때, 내 무릎이 꺾인다. 침대 시트가 벗겨져 있고 병실은 비어 있다. 클로이가 나를 보고 달려온다. 괜찮아요, 마이클, 그녀가 말한다. 괜찮아요. 부모님이 오셨어요. 그분들이 집으로 데려가셨어요.

G의 병실에서 최신 뉴스를 보고 있다. 독일에서 보도하는 BBC

방송. 베를린장벽이 무너지고 문들이 열린다. 자동차들이 경적을 울리고, 친구들과 가족들이 다시 만나며 사람들은 샴페인을 마신다. 클로이가 차를 들고 병실로 들어온다. 그녀가 내게 팔을 두르고 턱짓으로 텔레비전을 가리키며 말한다, 십 년 전만 해도 이런 게 가능할 거라고는 아무도 생각지 못했어요. 그런데 지금 봐요. 삶은 우리가 상상할 수 없는 방식으로 변해요. 장벽이 무너지고 사람들은 자유로워지죠. 기다리세요, 그녀가 말한다.

그녀가 무슨 말을 하려는지 안다. 희망.

G는 1989년 12월 1일에 죽었다. 나는 울지 않았다. 하지만 때로는 핏줄이 줄줄 새는 것처럼, 내 몸이 집어삼켜진 것처럼, 안에서부터 익사하고 있는 것처럼 느껴진다.

소파에 눌러앉았다. 날짜는 잘 모른다, 상관하지 않는다. 몸이 너무 무거워서 좀처럼 움직일 수가 없다. 야채 수프를 먹는다, 아주 많이. 가끔 이 아파트에서 어떤 냄새가 풍길지 신경쓰일 때가 있다.

일어설 때마다 곧 다시 누울 수 있도록 소파 위의 쿠션을 정돈한다. 작은 몸짓들이 중요하다. 나는 발코니를 향해 누워 있고, 초저녁이 되면 넋을 잃고 빛의 이동을 바라본다. 때로 미닫이문을 열면 크리스마스가 다가오는 소리가 들린다. 누가 어디로 가고 누가 무엇을 사는지에 관한 잡담이 들린다. 회사 파티를 즐기다 나온 취객들의 노랫소리를 듣고, 때로 밖에 나가면 그늘진 곳에 숨어들어 몰래 서로를 더듬는 사람들을 바라본다. 이 은밀한 행위가 무언가의 시작인지, 아니면 무언가의 끝인지 궁금하다.

디지털 시계가 깜빡 넘어간다. 18시 03분에 문에서 노크 소리가 들린다. 문구멍으로 내다본다. 여자의 얼굴이 보인다. 친절한 얼굴이고 어쩐지 익숙한데 친구는 아니다. 문을 열자 여자가 말한다, 마이클? (내 이름을 안다는 사실에 나는 깜짝 놀란다.) 그녀가 말한다, 저는 리예요. 저 기억 안 나세요? 저쪽 네번째 집이에요, 그녀가 그쪽을 가리키며 말한다.

여자가 말한다, 지난 며칠간 나오시는 걸 못 봐서요, 뭐 좀 드리면 어떨까 생각했어요. 어제도 문을 두드리긴 했는데⋯⋯

그러면서 그녀가 커다란 쇼핑백을 내민다.

와인도 있어요, 그녀가 말한다. 내려놓을 때 조심하시라고요.

나는 그녀를 빤히 바라본다. 고마워요, 하고 말한 뒤 허물어지기 시작한다. 내 어깨에 놓인 그녀의 손이 느껴진다.

여자가 말한다, 있죠, 크리스마스 동안 필요한 거 있으면, 우린 어디 안 가고 여기 있으니까⋯⋯

나는 그녀의 친절에 무너지기 전에 얼른 말을 자른다. 다시 고맙다고 말하고 즐겁게 지내라고 인사한다.

부엌 싱크대 위에 가방을 비운다. 감자, 와인, 햄, 돼지고기 파이와 샐러드, 잔치나 다름없다. 초콜릿도 있다. 카드도. 앞면에는 빅토리아시대의 눈 덮인 런던 모습. 안에는, 행복한 명절 보내시길 빕니다. 리와 앨런.

카드를 식탁에 내려놓으니 방이 달라진 듯, 특히 내 기분이 달라진 듯 느껴진다. 크리스마스 같은 느낌. 촛불을 하나 켜고 미닫이 문을 연다. 차 소리와 싸늘한 공기. 리와 앨런. 이런 일이 있을 줄이야?

1976년 크리스마스. 카울리 로드를 따라 갑자기 내려앉는 불빛. 메이블이 부엌에서 구워 가게에서 파는 군밤 냄새. 껍질에 정향을 박은 오렌지 냄새. 엘리스와 내가 뉴넘코트니*로 나가 모아온 호랑가시나무 줄기와 겨우살이.

나는 엘리스에게 말한다, 마지막 나무야, 이것만 배달하면 끝이네.

어디로? 그가 묻는다.

디비니티 로드, 나는 말한다. 힐탑 로드에서 올라가면 돼. 여기 청구서, 하면서 그에게 종이를 내민다.

엘리스가 청구서를 본다. 앤 클리버, 그가 말한다.

나중에 보자—

---

* 옥스퍼드에서 8킬로미터가량 떨어진 템스강변에 있는 마을.

—그래야지, 그가 말한다.

여기서 먹을래?

좋지, 그가 웃는다. 엘리스는 어깨에 나무를 지고 머리에는 털
모자를 쓴 채로 가게를 나서고, 나는 그가 길을 건너는 모습을 지
켜본다.

메이블의 안락의자에 앉는다. 시계가 똑딱똑딱 돌아가고 손님
들이 들어와 주문을 추가한다. 하지만 나는 대체로 책을 읽으며 시
간을 보낸다. 트루먼 커포티의 『티퍼니에서 아침을』과 『크리스마
스의 추억』. 가게 뒤편으로 들어가 차를 한 잔 끓인다. 시계를 보며
그가 어디쯤 갔을까 궁금해한다.

칠 년 동안, 프랑스에 관한 우리의 이야기는 점점 변했다. 이제
그것은 싱글 침대와 싱글 청년들, 일광욕과 프랑스 미녀들로 이루
어진 휴가가 되었다. 우리는 이제 서로에게 터놓지 않는 비밀이 있
다. 성적 모험에 관한, 누가 무엇을 했는가에 대한 비밀이. 그것들
이 비밀인 것은 우리가 그때 서로에게 지녔던 의미를 어떻게 처리
해야 할지 모르기 때문이다. 그래서 우리는 그걸 멀리 두고 손대지
않는다. 아플지도 모르니까. 회피가 약이다.

엘리스가 너무 늦는다. 배고프다. 메이블은 친구분 집에서 아직
안 오셨는데 나는 옆에 누군가 있으면 좋겠다. 돌바닥을 슬금슬금
건너온 한기가 내 발가락에 닿는다. 나는 일어선다. 팔짝팔짝 뛴
다. 전축으로 다가가 제일 좋아하는 레코드를 찾는다. 서주가 연주

되자 심장이 요동친다. 임프레션스. 〈People Get Ready〉. 가게 문을 열고 발이 이끄는 대로 바닥을 가로지른다.

노래한다, 눈을 감는다. 고개를 든다. 문가에서 테리사 수녀님이 웃고 있다. 나는 호, 호, 호, 하고 웃는다. 손을 내미니 놀랍게도 수녀님이 내 손을 잡는다. 팔 길이만큼 떨어져 왈츠를 추는 우리 사이로 비누와 향 냄새가 희미하게 풍긴다. 나는 수녀님을 오랜 세월 알아왔고, 열세 살의 나는 혼란과 호르몬이 야기한 쓰라림으로 범벅이 된 세레나데를 수녀님에게 바쳤다. 우리는 서로에게서 떨어져나오고 수녀님은 문가로 돌아간다. 나는 손가락을 튕기며 뒤편 커튼 쪽으로 갔다가 돌아선 순간 흠칫한다. 엘리스가 문가에 젊은 여자와 함께 서 있고, 그녀의 붉은 금발이 남색 더플코트 어깨 위에서 선명하게 빛난다. 서로 빈틈없이 붙어 있는 두 사람 사이에 벌써 친밀감이 흐르고, 나는 그들이 이미 키스한 사이임을 알아본다. 내게 미소를 보내는 그녀의 질문하는 듯한 눈, 나는 언젠가 그 눈 때문에 힘들어지리라는 것을 안다. 음악이 끝나지 않았으면 좋겠다. 계속 노래하고 춤을 추고 싶다. 무슨 말을 할지 생각해낼 시간이 필요하니까. 그녀가 바로 '그 사람'임을 알기에, 내겐 시간이 필요하니까.

깜짝 놀라며 잠에서 깨어난다. 타고 있는 차가 도로의 가축용 장애물 위를 지나간 듯한 느낌. 새로운 십 년이 시작되었다, 그렇다는 것을 안다. 1990년대. 얼마나 놀라운가. 나는 돌아눕고, 며칠 간 집에 틀어박혀 지낸다.

시계가 앞으로 돌려졌고 아침이 환하다. 즐길 거리를 찾아 소호로 간다. 이젠 너무 정상이 된 느낌이 들어, 젠장, 마음이 좀 아프다. 최악의 시기는 지나왔다, 그랬다는 것을 안다. 필요한 건 그저 시간이었다.

'바 이탈리아'의 바깥 자리에서 푸른 하늘 아래에 웅크리고 앉는다. 신문을 읽기 시작하지만 이내 귀찮아진다. 아는 얼굴들이 보이고, 우리는 빙긋 웃으며 고개를 까딱한다. 마키아토를 주문한다. 내가 좋아하는 맛이 아니라서 돌려보낸다. 하지만 그들은 나를 알고 내가 어떤지 안다, 몇 년간 단골이었으니까. 매장 안에서는 시나트라의 〈Fly Me to the Moon〉이 나온다. 애니의 노래. 그녀가 이 노래를 얼마나 엉망으로 불렀는지는 전설로 남아 있다.

애니가 노래할 때마다 천사 하나가 날개를 잃지. 내가 종종 하던 말이다.

좀 잘해줘, 마이키, 그녀는 내 얼굴을 어루만지며 말하곤 했다. 잘해달라고.

채링크로스를 따라 걷자니 보도에 거뭇거뭇하게 들러붙은 껌딱지가 여기저기 보인다. 사람들은 왜 저런 짓을 할까? 왜 그렇게 무신경할까? 가슴과 등이 조이는 느낌이 드는 걸 보니 커피가 효과를 내고 있다.

내셔널갤러리 앞 계단을 오르는데 어지럼증이 느껴진다. 서점 옆에 앉아서 G를 생각한다. 그는 멀어졌다. 나는 아무 느낌이 없다. 그는 사라졌다. 여러 전시실을 거쳐가는 동안 다른 사람들의 존재가 거슬린다.

열다섯 송이 해바라기 그림 앞에 선다. 너무 많은 생각이 밀려들며 마음이 아파오고 그 아픔은 강렬하다. 뭘 본 거예요, 도라? 뭘 봤는지 말해줘요.

몸을 홱 돌린다. 옆의 남자가 내게 말하고 있다, 좀 비켜주실래요?

그를 무시한다. 그 사람이 나를 미는 느낌이 든다. 나는 고개를 돌린다. 뭐예요? 내가 따진다.

사진? 기다려요, 나는 말한다.

날 밀고, 또 밀고, 또 밀고.

씨발, 밀지 마! 누군가가 소리를 지른다. 나도 여기 있을 권리가 있어! 알아들어? 나도 씨발 여기 있을 권리가 있다고. 권리가 있단 말이야.

그 말이 내게서 나오는 것을 깨달은 나는 얼어붙고, 모두가 나를 쳐다보고 있어서 당황한다. 이제 경비가 내 쪽으로 다가오고, 나는 사람들이 두려워하지 않도록 행동해야 한다. 난 무서운 사람이 아니니까. 양손을 번쩍 들고 말한다, 나갈게요. 괜찮아요, 나간다고요. 그러면서 뒤로 물러서는데 사람들이 나를 빤히 쳐다보고 나는 사과하고 있다. 어질어질하지만 쓰러지면 안 된다, 문까지 잘 가야 한다. 죄송합니다, 나는 계속 중얼거린다. 이제 추운 바깥으로 나왔다. 계속 걷는다, 정말 죄송합니다, 계속 걷는다.

1990년 6월, 프랑스

저 여기 왔어요. 도라, 남쪽 지방으로. 석조 시골집들, 라벤더 들판과 올리브나무들. 반 고흐의 거뭇한 사이프러스들이 하늘을 찌릅니다. 도라 저드, 당신을 위해 여기 왔어요. 기억하세요? 제가 열두 살 때, 언젠가 당신이 제게 그랬죠, 도라라고 부르럼. 기억나세요? 그러자 제가 말했죠, 도라? 정말 예쁜 이름이네요, 미시즈 저드. 그러자 당신은 웃으며 말했습니다, 넌 가끔 늙은이 같을 때가 있어, 마이클. 그래서 제가 그랬어요, 아주머니 이름, 혹시 도라 마르의 이름을 딴 거라고 생각 안 하세요? 그러자 엘리스가 물었죠, 도라 마르가 누구야? 당신이 대답했습니다, 피카소의 뮤즈야. 그랬더니 엘리스가 물었어요, 뮤즈가 뭐예요? 그러자 당신이 대답했죠, 어떤 진귀한 힘인데, 여자의 모습으로 체현되어 예술가들의 창작에 영감을 준단다. 바로 그렇게 당신은 설명했어요. 마치 미리 외워둔 것처럼. 그 설명이 한마디 한마디 다 기억납니다. 멈추지도 않고. 생각해보지도 않고. 여자의 모습으로 체현되어. 그렇게 당신은 말했어요. 지금 왜 그런 걸 떠올리는 걸까, 저도 모르겠어요. 오래전에 세상을 떠나고 없는 나의 소중한 친구, 당신에게 왜 이런 말을 끼적거리고 있을까, 잘 모르겠습니다. 다른 건 몰라도, 도라, 당신이 내 뮤즈라는 말을 하려는 거겠죠. 제가 여기에 온 건 당신 때문입니다. 당신이 경품 추첨에서 그림 하나를 얻었던 그 밤 때문입니다.

덤불이 우거진 땅 곳곳에 라일락이 피어 있고, 알피유산맥의 백악질 푸른 산들이 저멀리 솟아 있다. 지금은 너무 피곤하다, 며칠간 걸어왔다. 습기 때문에 생각이 흐트러진다. 옷이 축축하게 젖었고, 땀을 많이 흘려 덜컥 겁이 나고, 갑자기 참을 수 없이 똥이 마려워 길 밖으로 벗어난다. 배낭을 내던지고 덤불 뒤에 웅크려 땅을 긁어 파낸 후 구멍 위에 쪼그려앉자마자 폭발한다. 낮게 드리운 잿빛 구름이 두툼한 담요처럼 열기를 잡아두니 숨막힐 듯 답답하고 바람 한 점 없다. 천둥이 낮게 우르릉거리며 알피유산맥 쪽 하늘을 뒤흔든다. 하지만 비는 오지 않을 것이다, 굴복은 없을 것이다. 아, 주머니 속에서 화장지를 찾아낸 이 단순한 기쁨, 기쁨은 그런 사소한 것들에서 온다. 바지를 올리고 구덩이를 덮는다. 천둥이 다시 우르릉거린다. 비는 내리지 않지만, 주변에 개미들이 떼 지어 나와 있다. 마침내 텅 비어버린 느낌이 들면서, 그게 왜 기분좋게 느껴지는지 궁금해진다.

　물을 마셔보니 뜨뜻하다. 갈증은 해소되지 않는다. 원하면 언제
든 이 산길에서 빠져나갈 수 있다. 시내 방향, 호텔 방향 표지판들
이 계속 나오니 쉽게 이 길에서 벗어나 안락을 구할 수도 있지만
나는 그렇게 하지 않는다. 이 고독 속으로 나를 몰아넣고 계속 걷
는다. 몸을 움직이는 것—움직임의 필요성—은 트라우마에 대처
하는 것과 관계가 있다. 그런 내용을 다룬 학술 논문들을 읽은 적
이 있다. 동물들은 몸을 떨어 근육에서 두려움을 몰아낸다고 한다.
나도 그렇게 한다. 햇빛이 쏟아지는 덤불숲 사이에서 몸을 떤다,
고함을 친다, 비명을 지른다. 그래서 나는 걷는 동작에만 집중하며
계속 산길을 고수한다. 날 다시 인간으로 느끼게 해줄 보이지 않는
치료법이 있으리라 믿으면서.

　염소 우는 소리가 나서 고개를 드니 저 앞에 버려진 작은 수도
원이 보인다. 버려졌다고 생각하는 이유는 폐허가 된 건물의 한쪽
귀퉁이가 작은 무리의 흰 염소들에게 그늘이 되어주고 있기 때문
이다. 하지만 더 가까이 다가가니 실제로는 그곳이 일종의 가정집
이라는 것을 알게 된다. 배낭을 내려놓고, 낮의 열기를 한껏 빨아
들인 매끈한 현관 계단에 앉는다. 등산화 끈을 풀고 양말을 벗자마
자, 그 오후에는 길을 더 가지 않으리라는 것을 깨닫는다. 대피처
이자 그늘을 염소들과 함께 나누고 그들의 언어로 된 음악을 들으
며 잠에 빠질 것이다.

깜빡 잠이 든다. 얼마나 잤는지는 잘 모른다. 열기는 조금도 누그러지지 않았다. 그런데 누가 옆에 있다는 느낌이 든다. 아마도 나를 탐색하러 온 호기심 많은 염소일 거라고 생각했지만, 눈을 뜨자 사제가 보인다. 나보다 약간 나이가 많은가 싶은데, 잘은 모르겠다. 하지만 그는 얼굴이 상냥하고 눈빛은 자애로우며 피부가 남쪽 사람답게 가무잡잡하다. 사제는 물이 담긴 커다란 테라코타 대접을 들고 있는데, 물위에 띄운 라벤더 꽃송이에서 은은한 향이 풍겨온다. 그가 대접을 내 옆에 놓고 다시 안쪽으로 들어간다. 발을 대접에 넣으니 천국에 온 느낌이다. 사제가 다시 밖으로 나오고, 나는 그의 입가가 웃음 때문에 살짝 떨리는 것을 본다. 순간 그것이 손과 얼굴을 씻는 물이었음을 깨닫는다.

내가 자리잡은 방은 어둡고 고요하다. 눅눅한 돌냄새가 살짝 남아 있고 유향냄새도 난다. 창가에서 덧창을 밀어내고 줄줄이 피어난 보랏빛 라벤더를 내다본다. 벌과 매미 소리가 이 장면에 희미한 배경음악이 되어주고, 염소 울음과 목 방울 소리도 섞여든다. 뒤를 돌아보니 사제는 가고 없다. 내 배낭은 작은 철제 침대 옆에 놓여 있고 침대 위쪽에는 십자가가 걸려 있다. 침대 옆에 책상이 있고 책상 위에는 제단용 양초가 있다. 나는 십자가를 벽에서 내려 책상에 올리고 셔츠로 덮어놓는다. 계단을 올라가는 발소리가 들린다. 문을 살짝 여니 위쪽 방으로 향하는 배낭여행자 두 명이 언뜻 보인다. 남자인지 여자인지는 모르겠다. 배낭들이 커다랗다.

밤이 오고, 그와 함께 불안도 찾아온다. 창밖으로 시시각각 변하는 빛과 멀리 있는 농장들의 주황색 불빛을 바라본다. 하늘이 검정에 가까운 남색으로 변하자 별들이 나타나는데, 대개는 하얗지만 가끔 분홍색도 보인다. 위층에서 사람의 몸이 침대 위로 털썩 쓰러지는 소리. 문 아래로 새어들어오는 가느다란 빛줄기. 바닥에 드리운 그림자, 낮게 우르릉거리는 천둥소리. 문을 두드리는 소리에 나는 일어선다.

빛이 쏟아져 들어온다. 사제가 빵과 과일과 치즈, 그리고 뚜껑을 딴 와인이 담긴 쟁반을 들고 있다. 그는 책상 위에 쟁반을 올리고 초를 켠 뒤 돌아서서 나가려 한다.

나는 그의 팔을 잡는다. 저랑 같이 드세요. 부탁입니다. 양은 충분해요, 나는 말한다.

사제는 방에 남는다. 우리는 먹는다. 대화는 하지 않지만 같은 잔으로 와인을 마신다. 오래 걸어온 뒤라 식욕이 되돌아왔고 빵의 신맛, 치즈의 걸쭉하고 쿰쿰한 맛, 즙 많은 살구의 단맛에 내 입이 다시 살아난다. 감사합니다, 나는 말한다. 메르시. 믿기지 않고 감사한 마음에 고개를 살짝 가로저으며.

갈퀴 모양의 번개가 지평선을 낮게 스치는데 아직도 비는 오지 않는다. 박쥐가 제비에게서 하늘을 넘겨받았고 땅에서는 라벤더 향기와 달콤한 냄새가 올라온다. 나는 창가에 선다. 이따금 양초에서 풍기는 벌꿀 향이 코에 내려앉는다.

뒤에서 뭔가 움직이는 소리가 감지된다. 숨소리였나? 내게 바짝 다가오는 몸의 느낌. 나는 이제 누구에게든 줄 수 있는 것이 아무 것도 없으므로 꼼짝하지 않는다. 단추가 풀리고 옷감이 피부에서 벗겨지는 것을 감지한다.

뒤로 돌아선다. 사제는 멀찍이 떨어져 있고, 나는 빗나간 내 욕망에 수치심을 느낀다. 비가 내리기 시작하자 방안은 급격히 서늘해진다. 이제 사제가 내게로 다가와 어깨를 잡는다. 그의 눈은 상냥하다, 상처 입은 눈이다. 마치 다 아는 것 같다. 나는 그의 팔에 기대어 머리를 떨군다. 사람을 원하는 내 마음 때문에 낙심한다. 외로움이 찾아오면 달려드는 추억의 관능적인 춤 때문에.

종이 울리는 소리에 일찍 잠에서 깬다. 창가로 걸어가 바깥 풍경을 내다본다. 배낭여행자들이 길을 나섰고 염소들은 덤불 사이에서 무심하게 포식을 계속한다. 저녁에 남은 음식 쟁반 쪽으로 비틀비틀 걸어가 빵과 치즈를 조금 먹는다. 남은 와인을 마저 마시고 샤워를 한다.

테이블에 돈을 놓고 십자가는 다시 벽에 걸어둔다. 작별인사는 없고, 햇살 가득한 바깥으로 나가는 문만 열려 있다. 간밤의 비는 자애로운 땅의 향기를 공기 중에 풀어놓았다. 나는 그의 신과 보살핌에 감사한다.

생레미 남쪽 가장자리에 있는 알피유산맥은 이른 아침 빛 속에서 푸르게 늘어서 있고, 봉우리들에서는 안개가 피어오른다. 나는 걷기 시작한다. 도로와 덤불숲과 농지. 길가 곳곳에 흩어진 올리브 나무들, 그 회녹색 이파리들은 6월의 유혹적인 숨결을 받고 잔물 결을 일으킨다.

돌 위에 앉아 떠오르는 태양을 마주하고 남쪽 지방의 빛을 한껏 즐긴다. 끊임없이 노래를 부르는 매미 소리가 요란하다.

G에게 매미의 노래에 대해 이야기했던 일이 생각난다. 여느 때처럼 G는 내 입술에서 흘러나오는 엉뚱한 지식에 전혀 감명받지 않았다. 고대 그리스인들은 이 조그만 친구들에게 푹 빠져서, 우리에 넣어 키우며 귀여워하고 원할 때마다 노래를 들었다고 나는 말했다. 고대 그리스인들은 젊은 남자들에게도 똑같은 짓을 했을 거라고 G가 말했다. 일리는 있어, 나는 말했다. 하지만……

나는 이야기를 계속했다.

매미들은 일생의 대부분을 지하에서 뿌리의 수액을 마시며 일종의 애벌레 단계로 살지. 그러다 대략 삼 년이 지나면 한여름의 열기 속으로 나온 뒤 근처의 식물로 올라가 허물을 벗어. 바로 그때 변신이 이루어지는 거야, 나는 말했다. 그러고는 일생의 마지막 삼 주간만 지상에서 살고, 이때 수컷들이 노래를 불러대지. 때로는 짝짓기를 위해서, 때로는 항의 표시로. 그래, 넌 어떻게 생각해? 내가 물었다.

뭘 어떻게 생각해? 그가 되물었다.

이 이야기. 익숙하지, 안 그래?

맙소사, 그가 말했다. 설마 게이 남자들에 대한 비유는 아니겠지, 응?

생각해봐, 나는 말했다. 우리 모두 노래하기 위해서는 어둠에서 나와야 해.

한낮이 되자 열기는 가차없고 도로는 흙길로 바뀌어 하얀 흙이 등산화와 정강이를 뒤덮는다. 유다나무에 꽃이 피었고 소란스럽게 일하는 커다란 검은 벌들의 몸에는 꽃가루가 가득하다.

숙박이 가능한 농가에 도착했는데 그 생김새가 마음에 든다. 시내와의 거리는 충분히 멀지만 필요할 때 나가기 힘들 정도로 멀지는 않다. 공실空室 표지판이 워낙 안 보이는 곳에 있어서, 마치 손님을 부르겠다는 생각이 뒤늦게 떠올라 붙여놓은 것 같다.

뒤편의 농장 경내가 바라보이는 조용한 일층 방으로 안내를 받는다. 욕실에서 톡 쏘는 회반죽냄새가 나는 것으로 보아 최근에 보수된 곳임을 바로 알 수 있다. 세면대 위 선반에 몇 가지 세면도구를 놓는다. 배낭을 풀고 창문 앞에 옷을 걸면서, 이미 오래전에 버렸어야 할 낡은 캔버스화 때문에 옷가지에 희미하게 배어든 눅눅한 냄새가 여름 바람에 날아가기를 바란다.

늦은 오후의 태양은 여전히 뜨겁고, 나는 옷을 벗은 다음 바지와 티셔츠를 나중에 샴푸로 빨 작정으로 개수대에 놔둔다.

그리고 지금, 나는 불안하다. 거울 앞에 알몸으로 서서 온몸을 샅샅이 살피며 다른 이들을 괴롭혔던 얼룩덜룩한 자주색 징후가 있는지 찾는다. 찾아낸 것은 없다. 물론 모기 물린 자국 몇 개가 발목 근처와 무릎 뒤편에 있긴 하지만. 침대에 앉으니 노란 온기와 편안한 주변 분위기 때문에 두려움이 잦아든다. 천천히 심호흡하고 그 순간을 흘려보낸다.

수영복을 입고 계단을 내려간 다음 빛을 받아 어른거리는 압생트 빛 수영장을 향해 뜰을 가로질러간다.

수영장 주변이 조용해서 다행스럽다. 사람들은 점심을 먹은 후 자고 있거나 차를 타고 레보드프로방스의 와인 산지를 탐방하고 있다. 협죽도 방풍림이 그늘을 드리운 긴 의자에 수건을 깐다. 산울타리 너머에서 얼핏얼핏 올라오는 달콤한 음악은 누군가가 방해되지 않도록 소리 죽여 틀어놓았다가 잊어버리고 간 라디오에서 나온다. 산들바람이 파르르 불어오면 분홍색, 흰색, 주홍색 꽃잎들이 내 위로 떨어지고, 나는 나 자신이 화환으로 장식한 장작더미라고, 뜨거운 태양 아래에서 불타오르고 있다고 상상한다.

언젠가 애니가 엘리스와 무슨 얘기를 하느냐고 물었다. 별 얘기 안 해, 라고 나는 대답했다, 그게 사실이었으니까. 하지만 애니는 수긍하지 않는 것 같았다. 그녀는 믿기지 않는 일을 대할 때 늘 그러듯 웃음을 터트렸다. 오 마이키, 그녀가 내 이름을 부르며 얼굴을 쥐고 이마에 입을 맞췄다. 이 아름답고 귀여운 악동, 그녀가 말했다.

1977년이었고 그녀와 나는 서로 새로운 친구였다. 우리는 소호의 딘 스트리트에 있는 정통 이탈리안 레스토랑에서 술에 취해가고 있었다. 코번트가든에 있는 중고 상점에서 그녀의 웨딩드레스를 사고 온 참이었다. 진열창의 카프리 바지와 브레턴 셔츠와 챙이 좁은 중절모 등 완전히 프랑스적인 분위기에 이끌려 들어간 상점이었다. 숨막히게 완벽한 연출.

애니가 결혼식장에 들어갈 때 입을 드레스로 갈아입고 탈의실을 나왔을 때 나는 요란하게 휘파람을 불었다. 그녀가 얼굴을 찡그리며 말했다, 전에는 그런 적 없잖아. 그러자 내가 말했다, 그럴 필요가 없었던 거지.

애니가 다시 가장 좋아하는 청바지로 갈아입는 동안 내가 그 드레스를 샀다.

나는 병을 들어 와인을 조금 더 따르고 나서 대화를 이어갔다. 엘리스와 나는 그때그때 생각나는 것들을 이야기한다고 말했다. 서로의 존재를 느끼며 그냥 있을 뿐이라는 말도 했는데, 정말로 그런 느낌이었다. 대체로 침묵 속에서. 그리고 그 침묵 속에서는 그 어떤 것도 오해되지 않는 느낌이 들었으니, 어린아이에게는 좋은 침묵이었지. 안전한 느낌을 주는 우정이었어, 나는 그녀에게 그렇게 말했다. 우린 그냥 잘 맞았어, 라고 말한 기억도 난다.

애니는 말없이 생각에 잠겼다. 그러더니, 언젠가 엘리스에게 우리 둘이 키스한 적이 있는지 물었다고 했다. 그러자 엘리스가 자기를 쳐다봤는데, 무슨 말을 듣고 싶어하는지 알아내려 하는 것 같았다고. 한참 후 그가 한 말. 한 번쯤 그랬을 수도 있지만, 우린 그때 어렸어.

애니는 그것이 꽤 진부한 대답처럼 느껴지더라고 말했다. 그게 전부가 아니라는 것, 그저 어렸기 때문이 아니라 그 이상의 의미가 있다는 것을 항상 알았으므로. 그에 대해 알고 싶은 이유는 우리의 일부가 되기 위해서다, 라고 그녀는 말했다. 첫사랑 같은 뭔가가 있는 거지, 안 그래? 그녀가 물었다. 그 관계에 관여하지 않은 사람은 건드릴 수 없는 문제이긴 해. 하지만 그건 다음에 맺는 모든 관계의 척도가 되는 거잖아, 그녀가 말했다.

애니를 쳐다볼 수가 없었다.

그녀가 일어나 화장실로 갔다. 그사이에 음식값을 치르자 웨이터가 테이블을 치웠다. 블룸즈버리에 있는 싸구려 민박집으로 돌아갈 채비를 하고 있는데, 상기된 얼굴로 눈빛을 빛내며 내게 다가오는 그녀가 보였다.

나가자, 애니가 말했다. 네가 가는 데 따라가고 싶어, 그녀가 말했다.

그녀는 내 팔을 잡았고 우리는 네온사인 불빛이 얼룩진 보도를 따라 걸어가 채링크로스 로드에 있는 애스토리아 클럽으로 갔다.

밖에서 기다리는 동안 나는 담배에 불을 붙이고 안으로 들어가는 남자들의 특징을 살폈다. 그녀의 시선이 나를 향했다, 나를 지켜보는 걸 느낄 수 있었다. 내 은둔의 세월을 발굴하는 삽질처럼. 나는 빙긋 웃었다. 담배 연기를 내뱉었다. 배수로에 꽁초를 획 던졌다. 가자, 내가 말했다.

셸마 휴스턴의 노래가 손에 쿵쿵 울리는 것을 느끼며 입장료를 내고 나서, 우리는 애프터셰이브와 땀으로 범벅이 된 후끈한 공기 속에 휩쓸려들어갔다. 똑같이 생긴 웃통 벗은 가수들이 〈Don't Leave Me This Way〉를 부르고 있었다. 와, 세상에 이럴 수가! 애니가 외쳤다.

저기 좀 봐! 빙글빙글 돌며 흔들리는 몸들이 무대를 가득 메웠다. 펑크록 추종자들과 춤 대결을 벌이는 레더퀸*들. 그리고 그들 사이에서 오랫동안 물리치려 애써왔던 환상을 실현하고 있는 교외의 아이들.

애니에게 맥주를 건넸다. 너무 요란한 음악소리 때문에 대화가 힘들어 우리는 빠른 속도로 술을 마셨고 음악이 바뀌자 다시 플로어로 나갔다. 〈Dance Little Lady Dance〉. 그래, 우린 춤을 추었다! 조명 쇼의 불빛이 새틴 반바지와 번들거리는 어깨들을 번쩍번쩍 비추자 나는 옷을 너무 많이 입은 느낌이 들어 티셔츠를 벗었

---

* 가죽옷을 좋아하는 동성애자 남성.

다. 애니가 나를 보고 깔깔 웃었다. 네 말 안 들려, 하고 나는 외쳤다. 가슴에 손을 올린 애니. 나. 여기. 정말. 좋아. 그녀 뒤의 대형 스크린에는 버즈비 버클리*의 연결된 춤 동작들이 무한 반복으로 재생되고 있었다.

공기는 땀과 꽃불 냄새로 얼룩져 있었고 가죽옷을 입은 소년들이 열광적으로 춤을 추었다. 조명 쇼가 더욱 기세를 높이면서, 섬광등이 애니의 얼굴에 비친 즐거움과 이마에 들러붙은 머리칼을 포착했다. 흰 조끼를 입고 장갑을 긴 차림에 콧수염을 기른 남자가 우리 옆에서 춤을 추다가 애니의 코 아래에 작은 병을 들이밀자 그녀가 놀라서 숨을 헉 들이켰다. 괜찮아? 입 모양만으로 내가 물었다. 그녀는 멍해져서 고개를 끄덕였다. 젠장, 역시 입 모양으로 그녀가 말하며 빙긋 웃었다.

자외선 조명에 잠긴 실내에서 그녀의 치아가 선명한 흰색으로 빛났다. V자로 깊게 파인 셔츠 사이로 드러난 브라도 희게 빛났다. 나는 위를 가리켰다. 우리의 머리 위로 장갑 긴 손들이 올라갔고 손가락들이 깃털처럼 파닥거렸다. 나는 외쳤다, 저기 봐, 애니! 비둘기들이 날고 있어! 나는 헉 숨을 들이켠다. 손 하나가 내 바지 뒤를 더듬어 내려가다 엉덩이의 틈을 찾는다. 폭발한 꽃불의 불티가 코를 스치고 내 심장은 욕망의 베이스 노트에 맞춰 쿵쿵 울린다.

---

* 미국 영화감독이자 뮤지컬 안무가로, 기하학적 형태의 군무 연출로 유명하다.

적막 속에서, 어둠 속에서, 싸구려 민박집은 그렇게까지 나빠 보이지는 않았다. 새벽 두시, 우리의 귀는 여전히 웅웅거렸다. 약한 두통이 밀려오는 느낌이 들었는데, 그녀도 마찬가지라는 것을 알 수 있었다. 아, 용서하라, 코와 뇌여. 나는 뒤숭숭했고, 또 너무 더웠다. 염소 처리된 수돗물을 플라스틱 컵에 받아 마시는데 갈증이 너무 심했던 터라 사레가 들릴 뻔했다.

소파에서 잘 필요 없어, 애니가 침대 위에서 말했다. 그녀는 원래 싱글 침대가 두 개 있는 방으로 예약했지만, 그곳에는 더블 침대 하나뿐이었다. 난 괜찮아, 내가 말했다. 정말이야.

애니가 일어나 앉았다. 뒤쪽에서 비추는 가로등 불빛을 받아 그녀의 몸이 실루엣으로 보였다.

마이키, 그녀가 말했다. 누군가 만나게 되면—

—알아, 내가 말했다.

이 대화를 계속하고 싶지 않았기 때문에 나는 그녀의 말이 모양을 갖추기 전에 미리 끊어냈다. 있을 수 없는 생각이었다. 나는 우리 셋 사이에 누구도 끌어들일 수 없었다. 다른 이를 사랑할 여력이 없었다.

농가의 경계를 넘어 밖으로 나서니 황혼이 땅을 뒤덮고 있다. 초저녁 빛이 내려앉아 분홍색으로 물든 담장들에 검은 그림자가 드리운다. 길 위에 간간이 나타나는 적막 속에서 외로움을 자각한다. 이따금 앞쪽에서 차가 자갈길로 빠져나간다. 머리 위에서 제비들이 날카롭게 지저귀는 소리가 귀에 거슬리다가 이내 안심이 된다. 하늘을 가로지르는 검은 화살촉들, 그들이 태양과 함께 추는 마지막 춤. 올리브 숲까지 걸어왔지만 마을까지는 아직 닿지 못했다. 옆에 누가 있었으면 좋겠다, 옆에 아무도 없으면 좋겠다. 나는 돌아선다. 이 변덕스러운 기분 탓에 나는 오늘 안절부절못하고 잠 못 이루리라는 것을 안다.

저녁 식탁 위의 촛불은 꺼졌고 바깥 대문도 잠겨 있으며 조용한 잡담조차 없이 모두 잠들었다. 나는 방으로 올라가 옷을 갈아입는다. 몸에 모기 퇴치 크림을 바르고 수영복과 티셔츠를 입는다. 아래층으로 내려가 돌이 깔린 길을 따라 풀밭을 가로질러 하늘색 수영장으로 다가간다.

수영장 가장자리의 긴 의자들이 자리를 옮겼고 쿠션들도 치워져 아침에나 나올 것이다. 나는 티셔츠를 벗는다. 쪼그리고 앉아서 물의 온도를 느껴본다. 낮의 열기 속에서 걸은 뒤라 물이 차갑게 느껴진다. 다이빙을 하지는 않고 펄쩍 뛰어든다. 다리를 구부리니 금세 수영장 바닥이 발에 닿는다. 수면 위로 올라와 헤엄치기 시작한다. 양팔이 물을 가르고 나아간다. 하나, 둘, 셋, 왼쪽으로 고개를 돌려 호흡한다. 벽면에 이르렀을 때 깊은 물속에서 빙그르 돈다. 방향 감각 상실과 피어오르는 물거품, 모든 것을 놓아버리는 짧은 순간, 하지만 그 순간은 너무 짧고, 곧이어 내 발은 콘크리트

벽면을 밀어내고 팔은 물을 가르며 나는 호흡한다. 분노의 추진력으로 앞으로 뒤로 왕복하다보니, 폐가 타오르고 머리가 조여들며 생각은 사라지고 움직이는 몸만 남는다. 수영장 끝에서 끝까지 한 번씩 헤엄쳐 갈 때마다 병원에서 보낸 나날들을 한 겹씩 벗겨낸다. 면회와 냄새와 절망과 투약과 너무 빨리 늙어버린 젊은 남자들의 잔재를. 나는 헤엄치고, 헤엄치고, 또 헤엄친다.

수영장 한가운데에서 움직임을 멈춘다. 얼굴을 아래로 하고 물 위에 떠서 숨을 멈춘다. 어렸을 때 롱브리지스에서 항상 이렇게 하곤 했다. 물에 뜨는 걸 수영보다 더 일찍 배웠다. 엘리스는 이 자세가 '시체 뜨기'라고 불린다는 말을 절대로 믿지 않았다. 내가 지어낸 거라고 생각했다. 난 그게 오랜 여행 끝에 탈진했을 때 하는 생존 자세라고 그에게 말했다. 얼마나 적절한 표현인지.

아래에 보이는 건 온통 파란빛이다. 평화롭고 영원한. 온몸이 한 맥박으로 고동칠 때까지 숨을 참는다. 몸을 뒤집고 따뜻한 공기를 폐에 가득 빨아들인다. 별이 총총한 하늘을 올려다본다. 귀로 물이 들고 나는 소리, 그리고 이 사람 껍데기 너머로, 매미 우는 소리가 밤을 가득 채운다.

어머니 꿈을 꾸었다. 그냥 이미지에 불과한, 게다가 순식간에 사라지는 이미지가 전부인 꿈. 어머니는 화실 바닥의 잘려나간 그림 귀퉁이처럼 시간이 지날수록 희미해졌다. 이 꿈에서 어머니는 아무 말 없이 그저 어두운 그림자 밖으로 걸어나왔다. 우리는, 어머니와 나는, 똑같은 망가진 헝겊에서 잘라낸 존재라는 사실을 상기시키며. 어머니가 어느 날 갑자기 일어나 떠나버렸다는 것, 도망쳐야겠다는 충동을 본능적으로 신뢰했다는 것을 나는 이해한다. 그 행동의 올바름. 우리는, 어머니와 나는, 똑같다.

어머니는 내가 여덟 살 때 집을 나갔다. 다시는 돌아오지 않았다. 이웃에 사는 미시즈 디킨이 학교로 나를 데리러 왔고, 집에 가는 길에 사탕을 사주었으며, 도중에 만난 개와 원하는 만큼 오래 놀게 해주었던 기억이 난다. 집에 들어가니 아버지가 식탁에 앉아 술을 마시고 있었다. 검은 글씨로 뒤덮인 파란 편지지를 들고 있던 아버지가 말했다, 네 어머니는 가버렸다. 네게 미안하단다.

글씨로 뒤덮인 편지지 한 장, 그런데 내게 남긴 말은 단 한마디. 그게 어떻게 가능했을까?

어머니의 삶의 잔재는 최대한 빨리 가방에 담겨 안 쓰는 방에 처박혔다. 접지도 않고 마구 쑤셔넣어진 채로, 옷솔이든 화장품이든 모두 한데 담겨, 교회에서 수거해가기를 기다리게 되었다. 어머니는 손으로 들고 갈 수 있는 만큼만 가지고 갔다.

어느 비 오는 오후, 아버지가 옆집 배관을 고쳐주러 간 사이에 나는 그 가방들의 내용물을 바닥에 쏟았고 스웨터, 블라우스, 치마를 하나하나 들어올릴 때마다 어머니를 만났다. 나는 전부터 어머니가 옷을 차려입을 때 옆에서 지켜보곤 했고 어머니도 허락해주었다. 때로 어떤 색깔이 좋은지, 어머니에게 더 잘 어울리는 게 이블라우스인지 저 블라우스인지, 내 의견을 구하기도 했다. 그리고 내 의견을 따르면서 정말로 맞는 말이라고도 해주었다.

나는 옷을 벗고 먼저 치마를, 그다음으로 블라우스와 카디건을 입으면서 서서히 어머니의 축소판이 되어갔다. 좋은 신발은 어머니가 가져갔기 때문에 중간 높이 굽의, 당연히 내겐 몇 사이즈나 큰 구두를 신고 핸드백을 팔에 걸쳤다. 거울 앞에 서서 무한한 놀이의 가능성을 보았다. 거들먹거리며 걷고 입술을 쭉 내밀어보는 동안 치마의 새틴 안감이 피부에 감기면서 다리의 가느다란 털을 흥분시켰다.

무슨 염병할 짓거리를 하는 거냐? 아버지가 말했다.

아버지가 들어오는 소리를 듣지 못했다.

아버지가 재차 물었다.

놀고 있어요, 나는 말했다.

그것들 벗어놓고 네 방으로 가.

나는 타오르는 듯한 수치심과 모욕감을 느끼며 옷을 벗기 시작했다.

그 치마도, 아버지가 말했다.

치마가 바닥으로 흘러내리며 알몸이 드러났다. 아버지가 역겹다는 듯 시선을 돌렸다.

이건 갖고 있을래요, 나는 핸드백을 들어올리며 말했다.

안 돼.

그냥 연필을 넣어둘게요.

그걸 이 염병할 집 밖으로 가지고 나가는 날에는……

그 위협이 어떻게 끝나는지 들으려고 기다렸으나 끝맺음은 없었다. 아버지는 아래층으로 내려가 현관문 밖으로 나갔고 알몸에 어리둥절한 나는 때 이르게 고아가 되어 홀로 남았다. 그 방에서 일어난 일을 완전히 이해하기에 나는 너무 어리고 혼란스러웠다. 하지만 내게 상처로 남은 것은 아버지가 그렇게 말수가 적었다는 사실이다. 아버지에게는 나와 함께 이야기할 거리가 전혀 없었다. 그 일에 대해 거론했다면 어머니의 가출이 그렇게도 생생한 현실이었듯 그 순간도 현실이 되어버렸을 테니까. 대신에 나는 어머니와 마찬가지로 감춰야 할 존재가 되었다.

그와 같은 순간에 인생의 방향을 바꾸는 판단들이 어떻게 내려지는지 알 것 같다. 음, 그애는 축구를 싫어하게 될 거야, 그렇지? 스포츠를 싫어하게 될 거야, 더러워지는 걸 싫어하게 될 거야. 사내애들이 좋아하는 것들을 싫어하게 될 거야.

그래서 아버지가 축구 경기장에 갈 때면 나는 미시즈 디킨의 집으로 가서 책을 읽거나 교회 행사를 위한 케이크를 함께 만들었다. 하지만 나는 소리치고 싶었다, 나도 축구를 좋아한다고요! 그리고 아버지랑 같이 가고 싶어요. 남자들 주위에서 남자들의 웃음, 남자들이 사는 방식을 경험하고 싶다고요! 하지만 사 년 후 나는 어디에도 초대받지 않게 되었다. 나는 배경으로 더 깊이 숨어들었고 벽

지나 커튼에 섞여 거의 보이지 않게 되었다가 결국에는 사라지고 말았다. 핸드백을 든 소년은 반드시 어떠할 것이라는 통념에 의해 지워져버렸다.

사실 그 가방은 너무 소중했기 때문에 연필을 담는 데 쓰지 않았다. 대신 안에 귀중한 물건들을 넣어두었다. 구슬들. 프랑스 동전들. 읽은 책을 모두 적은 목록. 진주 손잡이 주머니칼. 어느 날 그 가방을 비우다가 주머니칼에 실 한 가닥이 걸렸다. 가방의 안감과는 색깔이 다른 그 실을 당기자 올이 풀려나왔고 계속 잡아당겼더니 안감이 길게 뜯어졌다. 안감 뒤에서 나온 작은 흑백사진 속에 카메라를 향해 걸어오는 젊은 여자가 있었다. 선글라스를 낀 꽤 예쁜 여자가 만면에 미소를 지으며 팔을 벌린 채 사진을 찍고 있는, 내 어머니일 거라고 추정되는 사람을 향해 걸어오고 있었다. 내가 모르는 여자였지만, 사진이 찍힌 장소는 사자 동상과 배경의 미술관으로 보아 트래펄가광장이었다.

나는 나이가 들어가며 이 여자가 어머니의 자유였음을 깨닫게 되었다. 우린 우리가 사랑을 느끼는 대상을 사랑한다, 안 그런가? 그녀도 어머니를 사랑했기를 바란다.

흔치 않게 구름이 낀 날, 나는 모졸로 걸어가 반 고흐가 죽기 전에 일 년간 살았던 생폴 정신병원으로 간다. 이 길에는 근처 담장을 타고 오른 인동초 향기가 그윽하다. 아마 인동초가 맞을 거다.

달콤하고 향기로운 그것, 하지만 난 식물을 잘 모른다―식물은 애니의 장기였다. 방향을 틀어 올리브 숲을 가로질러간다. 아직 태양빛에 야생화의 색깔이 바래지 않은 곳이다. 하지만 두 주만 지나면 풀은 바싹 말라 생기를 잃을 것이다.

대로를 따라 늘어선 소나무들이 앞서 내린 빗물을 뚝뚝 흘리고 있다. 날빛은 칙칙하고 어둑한데 비옥한 공기는 답답하지 않다. 하늘은 낮은 구름에 뒤덮였고 사방이 평온하다. 예배당에 들어가니 부패하는 냄새가 코를 찌르고 나는 그 빈사 상태의 돌덩이들을 저마다의 구슬픈 이야기에 맡겨두고 서둘러 그곳을 빠져나온다. 바깥의 세상은 생기가 넘친다. 높은 곳에서 비둘기들이 우짖는 맞은편의 황토색 건물을 보고 나는 위안을 얻는다.

앞에서 버스 두 대가 멈추고 관광객 수십 명이 차에서 내린다. 아직 사람들을 마주할 준비가 되지 않은 나는 화가 난다. 일주일 넘게 농가에 붙박여 지냈다. 아침과 저녁을 우거진 나무 그늘에서 먹었고, 수영장 끄트머리에 외따로 놓인 긴 의자에 머물렀다. 난 아직 준비되지 않았다.

하늘이 폭발하듯 비가 쏟아져내리고 낮게 드리운 캄캄한 구름을 뚫고 천둥소리가 깊게 울려퍼진다. 소나무 아래에 선 나는 사람들이 비명을 지르며 허둥지둥 피신처를 찾는 모습을 바라본다. 그러더니 갑자기 구름이 갈라지며 해가 나오고, 공기는 끓어오르고, 나뭇잎들은 김을 뿜고, 비닐 비옷이 벗겨지고, 카메라가 다시 밖으로 나온다. 나는 이런 하루를 계획하지 않았다. 그러나 농가로 되돌아가지 않고 들판을 가로질러, 멀리까지, 높이까지 언덕을 올라가 가리그*와 로즈메리 사이로 들어간다. 발아래 펼쳐진 글라눔** 유적지를 로마인의 유령처럼 내려다본다. 과거의 발소리가 천년을 건너와 속삭인다. 저멀리 생레미가 보이고 아비뇽이 어른거린다. 알프스가 보인다. 풍경 속으로 더 멀리 들어가본다. 이 풍경이 사람이라면 다부지고 사색적이고 텁수룩하다고 묘사하겠다. 이것이 남자라면 엘리스일 것 같다.

네 결혼식 날이다, 엘. 애니의 드레스를 미리 보면 재수가 없기 때문에 넌 가게에서 하룻밤을 잤다. 교회 묘지가 내려다보이는 내 침실 창가에 네가 서 있다. 내가 계단을 올라오자 너는 고개를 돌려 나를 보고, 나는 아직 옷을 차려입지 않은 너를 보고 깜짝 놀란다. 너는 샤워를 하고 나서 몸을 제대로 말리지 않았다. 머리는 젖어 있고 등이 번들거리며 사각팬티 윗부분에도 물기가 배어 있다. 넌 말한다, 기억나……?

너는 도라가 세상을 떠난 후, 네 아버지가 강제로 시킨 주먹질에 네 삶이 만신창이가 되어 여기 왔을 때를 이야기한다. 손등 관

---

* 지중해 지역에서 나는 낮은 키의 활엽수 군집.
** 알프유산맥에 있는 고대 도시 유적.

절이 멍들고 눈이 부은 채 계단을 올라 이 방에 왔던 일, 내가 얼음을 감싸 네 손에 대주며 삶이 나아질 거라고 말했던 일에 대해서. 그리고 난 깨닫는다, 그것은 도라나 네 아버지나 슬픔에 관한 이야기가 아니라는 것을. 우리에 관한 얘기라는 것을.

기억나? 그 이야기 끝에 너는 묻는다.

그래.

어서, 엘, 내가 말한다. 그러자 넌 창가에서 돌아서서 내게로 온다. 난 네게 손목시계를 건네준다. 너의 손이 떨린다. 나는 다림질의 온기가 아직 남아 있는 따뜻한 흰 셔츠를 들어올리고 너는 소매에 팔을 끼운다. 넌 단추를 잠그려 하지만 손가락이 서툴고 둔하다.

내가 왜 이러는지 모르겠어, 네가 말한다.

긴장해서 그래, 내가 말하며 셔츠 단추를 대신 잠가준다. 네게 바지를 건네고 너는 그걸 입는다. 네가 말한다, 팬티가 축축한 것 같아. 나는 아무 말 하지 않는다. 네가 양말을 뒤집어 신은 걸 보았지만 역시 아무 말 하지 않는다. 나는 폭이 좁은 넥타이를 네 셔츠 칼라 둘레로 감아 매듭을 짓는다. 칼라를 접어 내리고 여기저기 정돈을 해준다. 네 숨결에서 치약냄새가 난다. 난 네 턱에 붙은 화장지 조각을 살짝 떼어낸다. 피는 안 나네, 내가 말한다. 나는 네 셔츠 소맷부리에 소박한 은제 커프스단추를 끼워주고, 넌 셔츠를 바지에 넣은 후 지퍼를 올린다.

구두는? 내가 말한다.

흠집 많은 브로그 구두. 너는 침대에 앉아 그 구두를 신는다. 내가 너 스스로 하게 한 유일한 일.

너는 일어선다. 나는 네 양복 재킷을 들어주고 너는 그것을 입는다.

머리, 내가 말하자 넌 손가락으로 쓸어넘기고, 이제 머리는 거의 말라 있다.

좋아, 나는 말한다.

나는 뒤로 한 발짝 물러선다. 양복은 십 년 전 것이다. 남색 경량 모직 소재에 단추 두 개, 좁은 깃, 구두 목 부분까지 내려오는 통이 좁은 바지. 흰 셔츠. 밤색 바탕에 남색 줄무늬가 두 개 들어간 폭이 좁은 넥타이. 나는 손으로 네 어깨를 떨어준다.

이 정도면 될까? 너는 묻는다.

아주 근사해, 나는 말한다. 사실 그대로. 목이 메는 것을 간신히 감춘다.

반지 갖고 있어? 네가 묻는다.

나는 반지를 주머니에서 꺼낸다. 점검 완료, 내가 말한다.

메이블이 소리친다, 차가 왔어!

나는 네게 손을 내민다.

넌 나를 바라본다. 네가 말한다, 고마……

괜찮아, 나는 말한다. 자, 어서 가자.

밤은 회복의 시간이다. 농가가 모두 잠든 시간에 뜰을 건너간다. 검은 밤하늘 아래에서 옷을 벗는 의식, 수영장에 뛰어들 때, 위로 올라와 수면을 가를 때 느껴지는 물의 감각. 내 몸을 끌고 나아가는 팔과 다리의 힘. 하나, 둘, 셋, 호흡. 물속에서 빙그르 구른다, 반대 방향으로 돈다. 단조로움에 무뎌지는 생각, 고된 움직임에 다스려지는 분노. 그리고 그 무지갯빛 청색 속에서 나는 천천히 자신과 다시 만난다.

저녁을 먹은 후, 모기향 연기의 축복을 받으며 촛불의 빛살 속에 앉아 긴 시간을 보낸다. 지역에서 생산되는 로제 와인을 물처럼 마신다. 프랑스어를 더 잘 알아듣게 되었기에 다른 사람들의 대화에 귀기울인다. 한 주 내내 농가에 머문 나이든 부부가 내 테이블을 지나며 봉수아르*, 므슈, 하고 말한다. 나는 잔을 들고 그들에게 대답한다. 봉수아르.

수영장 가장자리에 서서 눈을 감는다. 산들바람은 아니다. 내 숨결일 뿐. 입을 벌리고 뱃속 저 깊은 곳에서부터 올라오는 숨을 쉬고 있어서 소리가 요란하다. 오늘밤에는 이유를 알 수 없이 뱃속이 울렁인다. 물속으로 미끄러져 들어가 헤엄치기 시작한다. 속도는 항상 그렇듯 격렬한데, 곧이어 호흡이 거칠어지고 갑자기 들이쉬는 숨이 다급해지면서 이제 나는 헐떡이고 있다. 수영을 멈출 수

---

* 저녁에 하는 프랑스어 인사.

밖에 없다. 제자리에 선 채로 떠 있다. 그대로 물에 떠서 울고 있다. 날 밀어붙였던 분노로부터 버림받은 나는 휘몰아치는 슬픔에 기진해진 채 수영장 한가운데에 발 디딜 곳 없이 남겨졌다. 거기에서 나는 모두를 위해 운다. 크리스를 위해, G를 위해, 어머니와 아버지를 위해, 그리고 메이블을 위해, 해마다 사라져간 이름 모를 얼굴들을 위해. 눈물 속에서 안간힘을 쓰는 내겐 간신히 수영장 벽면까지 갈 힘밖에 남지 않았다.

마음이 진정될 때까지 쉬고 나자 호흡이 안정된다. 위로 올라가 어깨에 수건을 두르고 수영장 가장자리에 앉는다. 부서지는 심장은 어떤 소리를 낼까 궁금해진다. 아마도 조용할 거라고, 감지하기 힘들 정도일 거라고, 전혀 극적이지 않을 거라고 생각한다. 탈진한 제비가 땅으로 살며시 떨어지는 소리처럼.

6월 셋째 주는 농가를 떠나는 시간이다. 새로 온 휴가객들이 내 방으로 들어오고 나는 나가야 한다. 숙박비를 치를 때 관리인 므슈 크리용이 내게 영어로 말한다. 곧 또 오세요.

줄지어 핀 라벤더와 협죽도가 다양한 색조의 초록과 경합을 벌이는 돌길을 따라 걷는다. 길 끝의 교차로에서 걸음을 멈추고, 내가 지금 뭘 하고 있나 생각한다. 난 떠날 준비가 되지 않았다. 떠나고 싶지 않다. 손을 흔들어 버스를 세우는 대신에 뒤돌아서 떠나온 곳으로 되돌아간다.

정말 곧이네요, 므슈 크리용이 웃으며 말한다.

일자리를 찾습니다, 내가 프랑스어로 말한다.

관리인은 남자들 일자리는 없으며 빈자리라고는 객실 청소부, 그게 다라고 말한다. 그날 아침 막 비게 된 자리. 남자의 일은 아니죠, 그가 말한다, 방을 청소하는 건. 그는 고개를 젓는다. 남자의 일은 아니에요, 그가 거듭 말한다.

나는 말한다, 제가 할 수 있어요. 해본 적도 있고요. 일단 일주일만 두고 보세요.

그는 나를 빤히 쳐다본다. 한참 생각한다. 어깨를 으쓱한다. 내게 일주일 시간을 준다.

나는 시트를 갈아 세탁하고, 변기를 청소하고, 샤워실을 닦고, 판석 바닥을 쓴다. 그런 일들 하나하나가 내가 아직 삶에 신경을 쓸 수 있다는 증거다. 작은 항아리에 라벤더나 베티베르나 로즈메리를 담아 놓아두거나 점판암 선반 위에 세면도구를 세심히 배열하는 등, 가는 곳마다 조금씩 정돈의 손길을 남겨 방으로 돌아온 손님들이 미소 짓게 하는 일, 그것은 내게 일자리를, 그리고 더 중요하게는, 소중한 시간을 마련해준다.

농가 뒤편, 농장 외곽에 있는 흰 석조 헛간 네 채는 시내에 살 집이 없는 직원들을 위한 숙소다. 급료의 일부를 제하고 제공되는 숙소인데, 급료는 내 관심사가 전혀 아니다. 파란색으로 칠한 다섯번째 헛간이 샤워실 겸 화장실이다.

내가 머무는 헛간은 이름이 미스트랄이고 해바라기 들판 가장 자리에 있다. 내게 필요한 모든 것이 이 작은 방 안에 있다. 침대, 테이블, 거울, 그리고 전등. 얼마 지나지 않아 호기심 많은 도마뱀 한 마리와 유해 동물을 물리쳐주는 길고양이 한 마리가 이 방을 함께 쓰고 있다는 것을 알게 된다. 나는 목청을 가다듬는 정도 이상의 큰 기침이 나오는지, 입안에 전날에는 없었던 염증이 생기지 않았는지 계속 유의하고, 가끔 흐릿해지는 눈의 상태를 주시하지만 아직은 별 이상이 없다. 눈은 염소 때문에 따가운 것 말고는 아무 문제 없고 입이 헌 것도 복숭아주스를 너무 많이 마신 탓이어서 물을 자주 마시면 곧 사라진다.

이런 일상 덕분에 나는 차분해졌다. 동이 트는 이른아침에 일어나 덧문을 열고 창틀에 팔을 얹은 채 빛나는 노랑의 바다를 응시한다. 밖에 나가 앉아서 소형 캘러 가스스토브 위에 주전자를 얹어 커피를 끓이고, 아침이 밝아오면 해바라기들이 머리를 드는 모습을 바라보며 그들의 속삭임을 해독하는 법을 배운다.

한 달이 지났다. 밤이면 오랜 시간의 육체노동으로 피로해진 나는 어둠과 열기로 몸을 감싸고, 무자비하고 탐욕스러운 모기를 막아낸다. 샤워실에서 돌아오면 얇은 흰 시트 위에 축축한 알몸으로 누워서 밤하늘에 퍼지는 기타 소리를 듣는다. 고양이가 내 팔에 기대어 웅크린다. 이 고양이가 좋다, 좋은 벗이 되어준다. 이 녀석의 이름은 에릭이라고 지었다. 때로 휴가객들이 잠들면 나는 조용히 뜰을 지나 대문을 넘어 수영장으로 가서 뒤로 앞으로 헤엄치며 내가 건강한 사람임을 증명한다. 하지만 부드럽게.

가끔은 거울을 보며 내 피부를 검사하거나 시트에 축축하게 내 몸의 형체가 그려졌는지 확인하지 않고 지나가는 날도 있음을 깨닫는다. 땀이 흐르는 것은 거친 열기에 대한 반응에 지나지 않는다고 믿는다. 내 팔다리는 갈색이 되었고 피부가 부드러워졌으며 턱수염이 자랐다. 이른아침의 빛을 들이마시며 흡족한 마음으로 시트를 하얗게 세탁하고 빳빳하게 다림질하기 시작한다.

이틀 휴가를 받아 버스를 타고 아를로 가서 9월이 되면 종료하는 전시회 '사진과의 만남'을 보기로 했다. 라마르틴광장에서 버스를 내리자 오른쪽으로 론강이 흐르고 왼쪽으로는 언젠가 반 고흐의 '노란 집'이 있던 자리—지금은 휴가철의 교통 체증에 신음하는 평범한 주차장과 회전 교차로—가 있었다.

입구를 통해 고대 로마의 도시*로 들어서자 바와 카페들이 다가올 유흥의 시간을 준비하고 있었다. 구불구불한 뒷골목에서는 꽃 그늘 아래 창틀에서 새장 속의 새가 노래를 불렀다. 내가 머무를

---

* 프랑스 아를은 로마제국 시대에 강력한 도시였기 때문에 로마 유적이 많이 남아 있다.

호텔의 간판이 보이자 피로가 발걸음을 재촉했다.

덧창을 활짝 열고 침대에 누웠다. 거리에서 들려오는 소리에 마음이 편안해졌다―이따금 모터 자전거가 내는 끼익 소리, 동네 사람들의 희미한 길모퉁이 잡담, 찌르르 제비 울음소리. 미니바에서 차가운 맥주를 꺼내 이마에 잠시 대고 있다가 뚜껑을 땄다.

해질 무렵 배고픔과 깔깔한 갈증에 잠에서 깼다. 창문을 닫고 모기향에 불을 붙였다. 천장 팬을 켜니 조용히 그르렁거리는 소리가 났다. 냉장고에서 에비앙 생수 작은 병을 하나 꺼내 가슴에 부었다. 피부에 느껴지는 공기의 움직임이 상쾌했고 머리에서 낮잠 뒤의 멍한 흐릿함이 걷혔다.

사람들의 말소리를 따라 길을 걷다보니 끊임없는 웅성거림이 더욱 커지고 거리는 더욱 붐볐다. 포룸광장으로 들어가자 세상이 모두 거기에 모여 있었다. 식당의 테이블과 바는 모두 꽉 차 있었다. 그 모습에 정신이 혼란스러워 갑자기 담배가, 물론 프랑스 담배가, 간절해졌다. 작은 담뱃가게로 되돌아가 지탄 담배를 한 갑 샀다. 거리에 서서 담배를 피웠다. 니코틴 때문에 기분이 들뜨고 목이 타는 듯했지만, 그래도 그런 멋스러운 소도구가 있다는 사실이 고마웠다.

내가 선 곳에서 반 고흐가 어느 밤에 그렸던 카페 테라스가 보였다. 노랗게 퍼져나가는 천박한 상업주의 너머로, 언젠가 그가 이 돌길을 걸었고 영감을 찾으며, 혹은 그저 함께할 사람을 찾으며 이 배경 속에 앉아 있었다는 선명한 증거를 보았다. 그의 발자취를 따라 광장을 건너 조그만 바로 갔다. 벽에 소리를 죽인 텔레비전과 황소의 머리가 걸려 있었다. 나는 테이블에 혼자 앉았다. 다른 이들의 시선이 신경쓰이고 깊이 외로웠지만 그 점에 대해서라면 손쉬운 치료법이란 없다. 로제 와인 한 단지pitchet와 황소 고기 스튜를 주문했다. 담배를 피웠다. 글을 썼다. 치료법은 아니었지만 도움은 되었다.

다음날, 이른아침에 잠을 깼다. 밖을 보니 짙푸른 하늘 밑에서 테라코타 지붕들이 벌써 구워지고 있었고, 그럴 리가 없는 시간인데도 열기가 골목길을 따라 이동했다. 나는 끊임없이 교회의 서늘한 심장 속이나 후미진 안뜰로 피신했고 거기서 들어본 적 없는 사진가들의 작품을 발견했다. (레이몽 드파르동이란 이름을 기억해두었다.)

점심 무렵이 되자, 인파에 점점 신경이 곤두서고 식당 자리를 차지하려는 전투를 감당할 수가 없었다. 물 한 병과 샌드위치를 사서 주도로를 건너 로마시대의 공동묘지 알리스캉으로 갔다.

매표소 앞에는 줄이 없었고, 배낭을 메고 조개껍데기 목걸이를 한 순례자 네 명이 입구에서 기다리고 있었다. 알고 보니 산티아고 데 콤포스텔라가 1560킬로미터 떨어진 곳에 있었다. 그들의 여정은 입구만 지나면 바로 시작될 참이었다. 아주 의미 있는 순간 같아서 그들이 길 떠나는 모습을 바라보지 않을 수 없었다.

소나무 그늘에서 샌드위치를 먹고 생토노라교회로 갔을 때는 광분한 태양이 내 목을 잘근잘근 씹어댔다. 안에는 아무도 없었다. 비둘기들이 가장 높은 선반을 차지했고 그 울음소리가 어둠 속에서 메아리쳤다. 갑자기 비둘기 한 마리가 날아오르자 나는 화들짝 놀랐다. 다른 한 마리가 날고, 이어서 또 한 마리가 날면서 비둘기들의 비행이 도미노 효과를 일으켰다. 그 소리가 돌에 부딪혀 울려퍼졌고, 깃털 그림자가 휙 스쳐갔으며, 이따금 바깥의 햇빛으로 빠져나가는 비둘기도 있었다. 이윽고 찾아든 고요. 공기가 가라앉았다. 밖에서는 멀리 기차가 지나가는 소리, 시로코 열풍이 나무들 사이에서 춤추는 소리, 매미의 노래와 변신의 이야기가 들렸다.

갑자기 글을 쓰고 싶어졌다. 배낭 깊이 손을 넣어봤지만 공책이 거기 없었다. 공책을 찾지 못하자 공황에 빠졌다. 내 가장 친한 친구가 된 공책이었다. 나의 상상 극장. 나의 제작진. 나는 울었다. 글쓰기는 내게 수련, 위안이 되어 있었다. 아, 영리한 의사. 몇 달 전 당신이 무슨 생각이었는지 이제 알 것 같다.

그날 오후에는 아를에 머무르지 않았다. 그럴 수가 없었다. 갑작스러운 상실에 심한 타격을 받은 것인데, 어쩌면 거기에 내 허약함의 단서가 있을 것이다. 나는 급히 정류장으로 달려가 생레미로 가는 첫 버스를 탔다. 가는 길은 지루하고 몹시 길게 느껴졌으며 버스 안의 더위도 견딜 수 없었다. 물을 꺼내려고 배낭에 손을 넣었을 때, 밑바닥의 안감이 접힌 부분에 숨겨져 있던 공책을 찾았다. 뭐라고 말할 수 있을까? 이건 공책의 문제가 아니었던 것 같다.

그날 오후에 농가로 돌아와, 나의 해바라기 들판 한가운데에 서서 그 꽃들처럼 해를 바라보았다. 그렇게 얼마나 오래 있었는지 모르겠지만, 눈을 뜨자 들판 가장자리에서 나를 지켜보는 젊은 여자가 보였다. 그녀를 알아보았다. 그녀는 남자친구와 함께 몇 주 전부터 식당에서 일하고 있었다. 우리는 서로에게 다가갔다.

안녕, 그녀가 말끝에 프랑스어의 굴림이 섞인 영어로 내게 인사하고 자신을 소개했다. 마리옹. 그리고 저기 저 사람은 기욤. 내 남자친구.

아, 나는 말했다. 기타 연주자.

여기, 그녀가 말했다. 시장에 갔다 왔어요. 앞으로 내민 그녀의 볕에 탄 손에 복숭아 하나.

고마워요, 나는 말했다.

여기 사람들이 당신을 므슈 트리스트라고 불러요. 미스터 슬픔. 그거 알았어요?

나는 미소를 지었다. 아뇨, 나는 말했다. 난 그냥 랑글레*라고 부르는 줄로만 알았어요.

네, 그것도 맞아요, 그녀는 그렇게 말했고 우리는 하얀 석조 헛간들 쪽으로 함께 천천히 걸어갔다.

---

* '영국인'이라는 뜻의 프랑스어.

저기에 있는 모습이 굉장히 평온해 보였어요, 그녀가 말했다.

평온했어요.

뭘 하고 있었어요? 그녀가 물었다.

친구를 생각했어요, 나는 말했다. 그녀는 집 벽에 〈해바라기〉 그림을 걸어두었고 이따금 아주 갑작스럽게 그 앞에 멈춰 서곤 했거든요. 이렇게요. 그림을 빤히 바라보면서. 뭔가를 찾는 것처럼. 질문에 대한 답을. 뭔가를.

그 친구가 뭘 찾고 있었다고 생각해요? 그녀가 물었다.

잘 모르겠어요, 나는 그렇게 말했고 우리는 계속 걸었다.

순응, 나는 말했다.

어떻게 알아요?

그냥 알아요, 나는 대답했다.

오늘밤에 우리와 함께해요, 그녀가 말했다. 와서 글을 쓰세요. 말은 하지 않아도 돼요, 므슈 트리스트. 하지만 먹기는 해야 해요. 여덟시에 정어리 요리.

그들은 밖에서 소형 캠핑 버너로 음식을 만들었다. 여덟시 오분 전에 생선 굽는 냄새가 내 문을 두드렸다. 나는 그들을 위해 와인을 땄고 바깥 수돗가에서 과일과 토마토를 씻었다. 그들과 함께 앉았지만 글을 쓰지는 않았다. 그들의 상냥함이 이루는 상호작용을 지켜보고 두 사람의 담백한 모습을 번갈아 바라보는 게 더 좋았다. 그들이 노래하고 기타를 치는 소리를 들었다. 가족에게 입양된

떠돌이 개와 같은 고마움을 느꼈다.

자리를 뜰 때 그녀가 내 방에 놓을 라일락을 주었다. 향기가 강렬하다.

여름이 끝나간다. 어떤 방들은 계속 비어 있고, 식당은 메뉴를 줄이고 일주일에 사흘만 문을 연다. 사람들은 자기 갈 길을 갔고 내 근무 일과는 빨리 끝난다. 떠나기 전에 한 가지 일을―실험을―하고 싶다. 모두가 내게 그래야 한다고 말한다.

택시를 타고 모산과 알피유산맥과 레보드프로방스의 포도밭들을 지나 파라두에 있는 식당으로 간다. 지는 햇빛을 받으며 바깥에 앉아 파스티스를 마시고 지탄 담배를 피우며 늘 그러듯 사람들을 바라본다.

여덟시 직전에 식사하러 안으로 들어가 여섯 사람용 테이블에 앉는다. 우리 앞에 달팽이 요리가 놓이고 마늘 향이 호수에서 안개가 일어나듯 진하게 올라온다. 한참이 지나서야 우리는 자기 접시에서 고개를 들고 우리가 이 경험을 함께 나누고 있음을 인정한다. 와인이 도움이 된다. 나는 함께 앉은 사람들의 잔에 코트뒤론 와인을 따라준다. 우리는 빙긋 웃는다. 이 테이블에는 다양한 국적의 사람들이 섞여 있기 때문에 프랑스어와 영어와 스페인어로 음식을 품평한다.

이제 닭고기가 나온다. 짭짤하고 바삭한 껍질과 모렐버섯 소스

로 버무린 탈리아텔레 파스타. 난 디저트를 좋아하지 않지만 치즈
는 좋아한다. 갖가지 숙성의 향이 풍기는 커다란 원통형 치즈가 내
게로 온다. 여기에 얼마나 머무르세요? 누가 내게 묻는다. 오래 있
지는 않을 거예요, 하고 대답한 나는 내심 깜짝 놀란다. 집에 곧 돌
아가거든요, 나는 말한다.

농가로 가는 택시 안에서 나는 잘 먹고 잘 마신 느낌이 든다. 창
밖의 거칠고 컴컴한 풍경을 내다보니 왼편에 금빛으로 반짝이는
레보의 풍경이 보인다. 택시 기사에게 멈춰달라고 말하자 그가 길
가 한쪽에 차를 세운다. 창문을 내리고 가리그의 향기를 들이마신
다. 나는 집을 생각한다. 하지만 대개는 두 친구를 생각한다. 그것
이 잠들기 전에 마지막으로 한 생각이다, 기억나는 것 중에서.

10월의 빛이 서서히 다가와 풍경이 밋밋해지기 시작할 때 나는
마지막 따스한 햇볕과 함께 그곳을 떠난다. 마리옹과 기욤이 헛간
앞에서 손을 흔들어 배웅한다. 걸어나오는 내내 그들이 나를 지켜
보는 것을 느낀다. 정문에서 몸을 돌려 마지막으로 한 번 보고, 마
지막으로 한 번 손을 흔든다. 구름이 갈라지며 해가 나와 내게 작
별인사를 보낸다.

기차에서 나는 졸다가 깨다가 졸기를 반복하고, 도라를 위해 머
릿속에 프로방스 풍경화를 그린다, 마지막으로. 하늘의 짙은 파란
색을 보완하는 초록빛, 활기로 부글거리는 대기. 하얀 석조 헛간들

이 풍경에 끼어들고 그 뒤로 노란빛이 언뜻언뜻 함성을 지른다. 전경에는 연인 한 쌍의 조용한 형체가 있다. 언제나 연인 한 쌍. 추억의 그림자에 가려진.

식당칸에서 커피와 치즈 바게트를 사며 주머니에 있는 동전 대부분을 써서 돈을 치른다. 액수가 적은 동전들을 세느라 한참 시간이 걸리자 뒤에서 불만스러운 중얼거림이 나온다. 그들은 내가 알아듣지 못할 거라고 생각하지만 난 알아듣는다. 나는 그들의 인내와 예의 부족에 감사하는 인사를 완벽한 프랑스어로 전한다.

커피를 마시니 정신이 든다. 그때부터 거의 한순간도 창에서 눈을 떼지 않는다. 좌석에 늘어져 앉은 젊은이들 무리가 유리창에 비치고 나는 그 모습을 유심히 본다. 마주앉은 젊은 남자 둘을 바라본다. 앞으로 쭉 편 다리가 가끔 서로 스친다. 상대의 허벅지를 발로 슬쩍 찌른다. 남자의 몸을 가진 소년들, 아직은 서툴고, 아직은 불안한 소년들이다. 풍경이 따스함에서 서늘함으로, 거친 자연에서 정돈된 인공으로 바뀌고 드높은 산들 주위로 잿빛 구름이 낮게 드리울 때, 나는 유리창에 비친 젊은 날의 내 모습을 언뜻 본다.

이 젊은이들의 모습에서 나는 부러움이 아니라 경이로움을 느낀다. 발견의 아름다움은, 끝이 보이지 않는 달 표면의 황량한 풍경처럼 펼쳐질 삶은 이제 그들을 위한 것이다.

1990년 11월

런던은 잿빛이다.

한동안 바빠서 글을 쓰지 못했다.

그동안 아파트를 정리해서, 이제 남은 것이라곤 안락의자, 라디오, 작은 협탁 하나뿐이다. 그게 내게 필요한 전부다. 이따 병원 진료 예약이 있는데, 가는 길에 부동산에 들러 아파트를 팔거나 세를 놓을 수 있는지 문의해야겠다. 삶을 단순하게 정리하고 있다. 생각이 명료하고 단순하다.

매일 오후, 온 도시의 사람들이 이동하여 인도가 막히는 점심시간이나 퇴근 시간을 피해 달리기를 하러 나간다. 강을 끼고 달리는 길을 가장 좋아하는데, 그 길은 서더크브리지에서 헝거퍼드 사이의 순환로로서 중간에 세인트폴성당을 지나고 러드게이트힐을 힘겹게 올라 올드베일리*로 질러간 뒤 바츠까지 다시 질러간다. 바츠에서 멈춘다. 바깥 벤치에 앉아 G를 생각한다. 때로 택시 기사들이 와서 함께 앉아 맞은편 카페에서 사온 커피를 마시기도 한다. 그들이 내게 어디에서부터 달려왔는지 묻고 나는 대답한다. 그들은 말한다, 나도 몸이 탄탄하던 시절이 있었는데 어느 순간 긴장을 놓아버렸어요. 그러면 내가 말한다, 이제 시작해도 늦지 않아요. 어떤 이들은 바츠에서 죽은 친척 얘기를 한다. 마음 좋은 사람처럼 보이면 나도 그들에게 G 얘기를 한다.

처음으로 G의 부모와 대화한다. 내가 그들에게 보낸 물품 상자를 받았는지 확인하고 싶었다. 그들은 예의바르다. 내게 고맙다고 하지만 난 그런 말을 들으려는 게 아니다. 깔끔하게 매듭을 지으려는 것뿐이다. 그들은 G의 캔버스와 이젤을 팔지도 모르겠다고 말하고, 나는 본인들에게 가장 좋은 대로 하시라고 말한다. 그들은 G를 있는 그대로 기억하고 싶다고 말한다. 나는 좋은 생각이라고 말한다. 그들이 내게 잘 지내는지 묻는다. 나는 괜찮다고 대답한다. 짧은 통화이지만, 휴전을 이룬 통화다.

세시에 갑자기 잠에서 깼다. 나는 메이블의 침실 문가에 서 있는 어린아이다. 옥스퍼드에 도착한 첫날밤이었다고 기억한다. 어둠 속에서 나는 평정을 잃고 두려움에 빠졌다.

제가 뭐라고 불러야 해요? 메이블에게 물었다.

---

* 런던의 중앙형사재판소.

무슨 소리야?

뭐라고 불러야 하—

—그런 걸 걱정하고 있었니, 마이클?

잘 모르는 분이시니까—

—메이블. 내 이름이 메이블인 건 알 거다. 네가 원치 않으면 그 이름 외에 다른 말로 날 부를 필요는 없어.

메이블이 말했다. 우리는, 너와 나는, 개 두 마리와 같아. 서로 확신이 들 때까지 냄새를 맡고 지내봐야겠지. 하지만 난 널 사랑해. 그건 좋은 출발이지. 네가 여기 와서 난 정말 기쁘단다.

나는 창가로 가서 커튼을 젖혔다. 교회 묘지를 내다보았다.

뭐 보이는 게 있니? 메이블이 물었다.

아뇨, 없어요. 내가 말했다. 어두워요. 나무와 눈밖에 없어요.

오늘은 유령이 없나? 메이블이 말했다.

보통은 있어요? 내가 물었다.

있으면 위로가 되겠니?

그럴 것 같아요, 내가 말하고 막 돌아서서 가려는 순간 메이블이 말했다, 이리 와서 나랑 있어도 돼, 원한다면. 추우면 말이야. 열두 살 남자애에게 이런 제안이 너무 어이없게 느껴지지 않는다면.

그러더니 이불을 젖히며 말했다, 넌 저쪽에 있으면 돼. 난 이쪽에 있을 거야. 그러면 서로 닿지 않겠지. 그냥 서로에게 동무가 되어주는 거야. 나이가 몇 살이든 동무는 좋은 거니까.

옥스퍼드

폴리브리지에서 조금만 걸어가면 되는 곳에 방을 구했다. 상당히 큰 방이고 별도의 욕실도 있다. 방이 기대했던 것보다 호사스러운데다. 집주인 미시즈 그린은 내 일상에 참견하지도 않고 내가 낮시간에 없어져주기를 바라지도 않는다. 부인은 십자말풀이를 좋아해서 힌트를 소리 내어 읽어준다, 내가 주변에 있는 것을 좋아한다.

바깥에 거의 나가지 않는 날도 있다. 평온한 마음으로 창가에 편히 앉아서 이 익숙한 도시가 뚜벅뚜벅 걸어가는 모습을 바라본다. 감기가 잘 떨어지지 않지만 걱정하지 않는다. 몸이 힘들 때는 쉰다.

애니나 엘리스는 아직 만나지 않았다. 지금까지는 운명이 개입하지 않았다. 그러나 운명이 나를 기다리고 있나 싶기도 하다. 나의 몇 년에 걸친 침묵이 부끄럽지만, 이제 이어질 다음 장이 상상이 안 되고 어떻게 시작해야 할지도 모르겠다. 조금 더 기다릴 것이다. 그들을 대하려면 강해져야 한다.

오늘, 비 때문에 물이 불어나 예선로가 진흙탕이 되었다. 반대편 강둑에서 조정팀 사람들이 보트하우스로 되돌아가고 있다. 예리한 바람이 차갑게 불어오고, 템스강물 위로 구름 그림자가 휙 스쳐간다. 이런 날씨에 대비를 하지 않았다. 나의 허술한 자기 관리는 때로 충격적일 정도다.

롱브리지스 물놀이터가 앞에 나오자, 나는 가슴이 철렁하면서 본능적으로 이끌려 간다. 몇 년 만에 온 이곳은 너무도 황량하게 방치되어 있어서 예전 모습을 떠올리기가 힘들다. 추억 속에서는 햇빛과 웃음과 여름의 태평함으로 빛나는 곳이기 때문에. 물놀이터의 콘크리트 가장자리와 계단들은 아직 남아 있지만 그 아래의 물은 굽이치는 갈색 강물이다. 다이빙대는 철거되었고 아직 남아 있는 탈의실은 무단출입을 막기 위해 판자로 봉쇄되어 있다. 소년이던 내 모습이 눈에 보이는 듯하다.

이십대 시절에 자주 가던 다른 곳이 있었는데, 거기에서는 남자들이 알몸으로 일광욕을 할 수 있었다. 그곳은 처웰강에 있었고, 나는 혼자 가는 편을 선호했다.

당시에 긴 겨울의 몇 달간을 금욕하며 지냈다. 일에 집중해 늦게까지 근무하면서 우편으로 받는 지저분한 잡지들을 보며 욕구를 풀었다. 하지만 봄부터는 항상 더운 날이 오기만을, 노소 불문한 사람들의 몸이 강둑에 활기를 불어넣는 때가 오기만을 기다렸다.

나는 학생들과 머리가 희끗희끗한 교수들로 둘러싸인 자리에 수건을 깔고 옷을─물론 천천히─벗으며 그들 모두의 애를 태웠다. 그런 다음 강물 한가운데로 헤엄쳐 나가 몸을 뒤집고 시선이 온통 내게 집중될 때까지 물위에 떠 있었다. 그러고 나서야 물가로 되돌아와 강둑으로 기어오른 후 햇빛 아래에서 몸을 말렸다.

나는 그곳에서 수수께끼 같은 존재였다. 하지만 네 번의 여름이 지난 후에는, 그들 가운데 누구든 모여서 대화한 적이 있다면 수수께끼는 거의 다 사라졌을 것이다. 나는 여럿이 돌려가며 꼼꼼히 살펴보는, 잘 깎은 마노 조각 같았다. 나는 누군가의 시선을 느끼면 원색적이고 뻔뻔한 자신감을 담아 그들을 마주보았다. 그들의 감정을 가지고 놀았다. 도전을 부추겼다. 이제 네가 행동할 차례야, 하고 말하는 것처럼. 그들이 나를 쳐다보며 옷을 입으면, 몇 분 여유를 준 뒤 뒤따라갔다. 링컨, 크라이스트처치, 브레이즈노즈 칼리지 등에서 책을 빌리거나 공부하는 척하면서 사각형 안뜰을 걷곤 했다. 그때 나는 젊어 보였고 내 젊음은 대담했다. 먼지 낀 작은 방들을 전전하며 나를 열어젖히는 여름의 황혼빛에 몸을 내맡겼다.

한번은 로즈 장학생*이 있었다. 브룩스브러더스 셔츠에 잘 다린 카키 바지를 입던 그 남자는 때 이르게 중년처럼 살이 쪘고 귀두

포피를 자른 성기가 두꺼웠다. 그의 방은 그때까지 가본 다른 방들과 비슷했다. 잠과 정액과 책의 퀴퀴한 냄새가 났다. 방으로 들어서자마자 그는 셰리주 한 잔을 내밀었는데, 아마도 우리가 곧 하려는 일에 세련미를 더해주고 싶었던 것 같다. 이어 클래식 음악—그때 유행이었다—이 나왔다. 어느 날은 쇼스타코비치, 또다른 날은 베토벤, 하지만 언제나 음량은 아주 높게. 셰리주를 마시고 나면 그는 내게 샤워를 권했고, 나는 방으로 돌아온 뒤 침대에 얼굴을 파묻고 엎드린 그 남자를 보고 항상 안도했다. 그의 다리 사이에 있는 짐승이 내게 접근하지 않을 거라는 의미이기에. 그리고 우리는 아무것도 모르는 그의 어린 금발 여자친구 사진 밑에서 현악기와 팀파니의 리듬에 맞춰 섹스를 했다.

그는 아래 역할만 고수했는데, 내가 아무리 부드럽게 해도 고통스러워했지만 그러면서도 멈추지 말라고 했다. 나는 그에게 고통이 필요하다는 것을 깨달았다. 고통이 사랑을 막았다. 그 행위가 외도가 되지 않도록.

그 여름이 끝나갈 때 나는 강화 와인**에 깊이 중독되었고 클래식 음악을 혐오하게 되었다. 런던은 도나 서머와 보드카가 휩쓸고 있었다. 돌이킬 수는 없었다.

---

* 미국, 독일, 영연방 학생들에게 옥스퍼드대학교에서 유학할 수 있도록 지원하는 로즈 장학금을 받는 학생.
** 와인에 증류수를 섞어 알코올 도수를 높인 술로서 셰리주도 그것의 일종이다.

하지만 나는 그와 같은 남자들을 아주 좋아한다. 그들은 내 멘토였다. 삶의 구획을 나누는 방법, 별개의 일상을 유지하는 방법, 들키지 않는 방법을 가르쳐주었다. 그후로 가끔 그들은 내 이야기나 한심한 베갯머리 험담의 결정적 한마디로 소모되기도 했지만, 나는 그들에게 깊이 감사한다. 그때는 아직 부끄러움과 두려움의 세상이었고 그들과 함께한 순간들이 내게는 무엇보다 소중했다. 성욕으로 가장한 외로움. 하지만 나는 인간이기에 타인을 찾은 것이다. 그뿐이다. 우리 모두 인간이기에 타인을 찾는다. 어딘가에 속하려는 단순한 욕구 때문에.

나는 계속 걷는다. 바람은 잦아들고 있다. 벤치에 앉아 조정 훈련하는 사람들을 구경한다. 아이 하나가 오리에게 줄 빵을 조금 나눠주고 나는 즐거이 모이를 준다. 아이 엄마가 내게 괜찮으냐고 묻는다. 기침소리가 거칠다. 사실은 많이 나아진 거라고 대답하고 기침 완화용 사탕을 주어 고맙다고 인사한다. 목도리를 고쳐 매고 계속 걷는다.

나의 이십대와 삼십대 초반에 우정이 어떻게 다가오고 멀어졌는지 기억한다. 나는 너무 비판적이어서, 영화나 정치에 대해 생각이 다른 사람과는 당연한 듯 거리를 두었다. 엘리스, 애니와 맞먹을 만한 사람은 없었고 그래서 그들 외에는 아무도 필요하지 않다고 확신했다. 나는 고요한 만의 편안한 적막을 향해 나아가기 전, 산들바람을 따라 부표 주위를 빙빙 도는 돛단배와 같았다.

엘리스와 애니가 결혼식 피로연을 열었던 주점이 앞에 보인다. 그날 택시가 우리를 홀리트리니티성당에서 이곳으로 데려다주었고 우리는 예선로를 따라 천천히 줄지어 걸어갔다. 내가 들고 있던 가방에는 수건과 수영복이 담겨 있었고 롱브리지스에 도착했을 때 내가 한번 담글래? 하고 묻자 애니가 농담이지, 맞지? 하고 말했고 내가 아니, 하면서 가방 지퍼를 열었더니 애니가 신나서 비명을 질렀다. 신부는 풀밭을 달려가 흰 드레스를 주황색 수영복으로 갈아입었다. 틀림없어, 엘리스가 말했다. 넌 모든 걸 생각하는 게 틀림없어.

우리 셋은 수영을 했다. 미스터 저드와 미시즈 저드, 그리고 나. 그러고 나서 우리는 축축한 머리, 살짝 비뚤어진 드레스 등의 행색으로 주점 뜰에서 샴페인을 마시고 피시 앤드 칩스를 먹었으며, 신랑과 신부는 전날 메이블이 구운 소박한 케이크를 잘랐다. 모든 것이 완벽하다기보다는 현실적이었다. 하지만 바로 그래서 더 완벽했다. 나는 피로연 발언 때 그렇게 말했다. 조금 감상적이긴 했어도 장난기는 없이, 크리스마스 일주일 전에 우리가 만난 일을 추억했다. 애니의 등장. 사랑이 있어야만 완성되는 자유.

부드러운 저녁 빛 속에서 안 그래도 얼마 안 되던 하객의 수가 더 줄어들었을 때, 엘리스가 이 부근의 강변에 있던 나를 찾아왔다. 양복을 차려입은 준수한 그의 모습이 아직도 눈에 선하다. 흠집 난 브로그 구두를 신고 단춧구멍에 빨간 장미를 꽂은 어딘가 삐

딱한 준수함. 불빛이 물에 퍼지고 조정 선수들이 노를 저어 지나갈 때, 우리는 나란히 서 있었다. 담배 하나를 돌려가며 피우는 우리 둘 사이에 사막 풍경이 펼쳐졌고 거기에는 언젠가 우리 둘만 알았던 폐기된 계획의 유골이 흩어져 있었다. 길 저편에서 우리의 이름을 부르는 소리가 들렸다. 고개를 돌리니 애니가 맨발로 우리에게 뛰어오고 있었다. 애니는 정말 아름답지 않니, 나는 말했다. 난 애니를 사랑해. 엘리스가 환하게 웃었다. 나도야. 그리고 애니도 널 사랑하지. 우린 참 잘 섞인 멜랑주*구나, 내가 말했다. 우리가 마침내 웃게 되어 안심이 되었다. 애니가 내 입에서 담배를 가져가 나머지를 마저 피우며 말했다, 우리랑 함께 뉴욕에 가, 마이키. 항상 가고 싶어했잖아. 가자! 아직 시간 있어. 내일 뉴욕에서 만나. 아니면 그다음날에라도. 어쨌든 꼭 와.

나는 소리를 지르고 싶었다, 그렇게, 너희의 일부로 남기 위해, 그렇게, 아무것도 바뀌지 않도록, 그렇게. 하지만 나는 말했다, 안돼. 안 되는 거 알잖아. 너희들의 신혼여행이야. 이제 어서 가. 출발해.

우리는 주점에서 손을 흔들며 그들을 보냈다. 잘 다녀와, 잘 다녀와, 즐거운 시간 보내! 그리고 또 한번 색종이 조각이 뿌려졌다. 메이블의 손이 내 등을 꽉 눌러 나를 떠받쳤다. 추워졌네, 메이블

---

* '혼합물'이라는 뜻의 프랑스어.

이 말했다. 너 추울 텐데 어서 집에 가자. 메이블의 다정한 말에 나는 울컥했다. 우리는 택시 뒷자리에 말없이 앉았고, 날씨가 좋다든지 누가 무엇을 입었고 누가 무슨 말을 했는지 따위의 잡담은 없었다. 메이블의 시선이 느껴졌다. 그녀가 내 손을 슬쩍 잡았다. 내가 무너져내리는 순간에 대비하며. 메이블이 안다는 것을 그래서 알게 되었다. 내내 알고 있었다는 것을. 마치 메이블도 우리 주위를 맴도는 다른 미래의 가능성을 보았던 것처럼. 현실적이고도 완벽한 어느 날에 그것이 땅으로 곤두박질치기 전까지.

런던에서 일자리를 구하라고 말한 사람도 메이블이었다. 주말마다 날 보러 와, 그녀가 말했고 나는 어김없이 그렇게 했다. 금요일 저녁이면 메이블은 내게 하고 싶은 얘기들의 목록을 들고 가게 밖에서 나를 기다리고 있었다. 식탁에는 건너편 식당에서 산 키안티 루피노가 뚜껑이 열린 채 놓여 있었다. 숨쉬는 중이야, 메이블은 와인이 작은 동물이라도 되는 양 그렇게 말하기를 좋아했다. 때로는 엘과 애니도 예전처럼 함께 그 식탁에 앉아 웃기도 하고 울기도 했지만, 어딘가 조금은 달랐다. 각자의 이름 대신 쓰이는 '우리'라는 대명사, 그리고 내 뱃속 깊은 데서 새삼스레 느껴지는 아픔.

우리는, 엘리스와 나와 애니는 무엇이었나? 나는 여러 번 우리를 설명하려 해봤지만 그때마다 실패했다. 우리는 서로에게 전부였다가 갈라졌다. 하지만 우리를 갈라놓은 사람은 나다. 그건 안다. 나는 메이블이 세상을 뜨자 다시는 돌아오지 않았다.

황혼이 내리고 있다. 예선로에 자전거 타는 사람들이 너무 많아서 긴장을 늦출 수가 없다. 추워서 얼른 미시즈 그린과 내 방이 있는 곳으로 돌아가고 싶다. 갑자기 폴리브리지의 조명이 아름답고 안락하게 느껴진다.

잠을 잘 자고 난 뒤 대담하게 마음의 준비를 하고 일어났다. 이제 그들을 만나야 한다, 그래야 한다는 것을 안다. 미시즈 그린은 내가 이번주 들어 처음으로 자신의 완전한 영국식 아침식사를 다 먹은 것을 보고 기뻐한다. 기침도 가끔 목청을 가다듬는 정도로 나아졌다. 복도에서 런던 집에 전화해 자동응답기를 확인한다. 부동산에서 남긴 새 메시지는 없고, 런던은 나를 방해하지 않는다. 미시즈 그린은 내가 며칠 더 함께 머물게 된 것을 반긴다. 원하는 만큼 오래 있어요, 마이클, 그녀는 말한다. 마이클은 내게 전혀 부담되지 않아요. 그러더니 그녀의 시선이 단골 숙박객 중 한 명에게 재빨리 꽂히는데, 그는 버밍엄에서 도착한 지 얼마 안 된 영업사원이다. 나가기 직전에 미시즈 그린이 오렌지주스를 건넨다. 생과일에서 막 짜낸 거예요, 그녀가 주스의 기원을 자랑스러워하며 말한다.

가을 햇볕을 받으며 길을 나선다. 크라이스트처치 칼리지의 풀밭을 가로질러 하이 스트리트로, 천천히 걸어 모들린브리지로, 그리고 더플레인 교차로로. 세인트클레먼츠가 가까워지자 생각할 수 있는 거라고는 그녀를, 미즈 애니 액추얼리를 다시 만난다는 사실

뿐이고, 불안에 압도되기 시작한 나는 머릿속으로 곧 있을 만남의 방향을 미리 정해놓으려 애쓴다. 내가 무슨 말을 할 것이며 그녀는 어떻게 반응할지, 아마도 미소를 지을 테고, 어쩌면 서로 얼싸안을 지도 모르며 그러면 나는 미안하다고 말할 수도—잘 모르겠다— 있을 거다. 하지만 애니의 서점에 도착할 무렵에는 다양한 시나리 오를 소진한 후다. 나는 옆으로 살짝 비켜서서 진열창의 책들 사이 로 안쪽을 몰래 훔쳐본다. 아무도 보이지 않는다. 문을 연다. 종이 울린다. 메이블도 가게문 위에 종을 달아놓았었는데.

금방 나갈게요! 안쪽에서 그녀가 소리친다. 아, 저 목소리.

책상 위에는 알베르 카뮈(1913~1960)의 전기 연구서 옆에 김 이 오르는 카푸치노 한 잔이 놓여 있다. 그것을 마신다. 진하고 달 콤한 맛, 여전하다. 커피를 조금 더 마시고 주위를 둘러본다. 소설 R~Z에 해당하는 책들은 아름다운 참나무 책장에 꽂혀 있다. 그 옆 벽감에 안락의자가 있다. 그녀가 음악을 켠다. 쳇 베이커. 좋은 곡이야, 애니.

갑니다! 그녀가 소리친다. 아, 저 목소리.

그리고 이제 보인다. 책장 뒤에서 나오는 애니. 위로 올려 묶은 금발을 양쪽 볼 옆으로 늘어뜨리고 스웨터 위에 멜빵바지를 입은 애니는 우뚝 멈춰 선다. 손이 이마로 올라간다.

나는 양팔을 활짝 벌리고 말한다, 오 선장님, 나의 선장님!

그녀는 아무 말도 하지 않는다. 나는 커피를 내려놓는다. 쳇 베이커는 최선을 다해 사랑의 분위기를 조성한다.

이 천하의 몹쓸 자식, 그녀가 말한다.

난 멍청이야.

이제 그녀가 웃는다. 이제 그녀가 내 품에 안긴다.

너한테서 네 냄새가 나, 그녀가 말한다.

그건 어떤 냄새인데? 내가 묻는다.

배신.

애니가 내게 줄 더블마키아토를 사러 옆 가게로 간 사이에 서점을 돌본다. 『나의 프로방스』라는 책을 팔고, 애니가 돌아오자마자 열을 내며 자랑한다.

여기, 그녀가 말한다. 수고비야, 그러고는 커피를 건네고 내 머리에 입을 맞춘다.

도라도 항상 그렇게 해주셨는데, 나는 말한다.

그럼 사실이구나, 애니가 말한다. 엘리스는 자기 엄마랑 결혼한 거야.

나는 무슨 말을 하려고 입을 열지만 그녀가 말한다, 말하지 마, 난 그냥 널 쳐다보고 싶을 뿐이야. 어쨌거나 네가 무슨 말을 해도 난 안 믿을 거야. 그녀가 내 턱수염을 가리키며 말한다, 이건 마음에 드네.

우리는 커피를 마신다.

우리는 서로를 들이켠다. 그녀가 한숨을 쉰다. 양손으로 턱을 괸다. 시선이 내 턱수염에 머문다. 시선이 내 몸에 머문다. 그녀의 시선이 내 눈에 머문다.

돌아왔구나, 애니가 말한다. 왔어, 그렇지? 영영 온 거야?

그래.

돌아왔어, 내가 말한다.

있잖아, 오늘 저녁 재료로 조개가 있어.

나 조개 좋아해.

삼 인분으로 늘려볼게. 우리집에 와인도 있고……

내가 더 가져갈 수 있어.

곁들일 요리를 만들 시금치도 있지.

내가 가장 좋아하는 음식이잖아.

그렇네, 맞지? 그녀가 말한다.

네가 꼭 미리 알고 있었던 것 같다, 내가 말한다.

종이 울리며 가게문이 열린다.

미안해요, 나이 지긋한 여자가 말한다. 제가 방해했나요?

전혀 아니에요, 로즈. 들어오세요. 뭘 찾으세요?

목록이 있어요.

말씀하세요.

『여자들 사이에서』『시골뜨기 부처』, 그리고 잉그리드 수어드가 다이애나 왕세자비에 대해 쓴 책 있잖아요.

좋은 목록이네요, 애니가 말한다.

그럼 뭐부터 살까요? 로즈가 말한다.

우리 점원과 의논 좀 할게요, 애니가 말한다. 마이키?

그 순서 그대로요, 내가 말한다.

같은 생각이에요, 애니가 말한다.

그럼 『여자들 사이에서』 주세요, 로즈가 말한다.

애니는 가게문을 일찍 닫는다. 바깥 보도에 나와서 내가 묻는다, 엘리스가 날 미워해?

아니, 그녀가 말한다. 절대로 못 그러지.

우리는 손을 잡고 카울리 로드를 걷고, 내가 이곳이 변했다고 말하자 그녀는 어떻게 변했느냐고 묻는다. 모르겠어, 나는 말한다. 그냥 그렇다는 걸 알겠어. 네가 변한 건지도 모르지, 그녀가 말한다. 그런지도 모르겠다, 나는 말한다. 정말로 그런 것 같다, 내가 말한다. 네가 세상을 너무 많이 봐서 그런 걸 수도 있지, 그녀가 말한다. 그래서 여기가 너무 좁게 느껴지는 거 아닐까?

아니야. 좁지 않아, 내가 말한다. 완벽해.

메이블의 예전 가게 앞에서 우리는 걸음을 멈춘다.

1963년 1월. 눈이 펑펑 내리고 나는 이 길을 따라 엉금엉금 기어가는 미스터 칸의 콜택시 뒷자리에 앉아 있다. 앞유리 와이퍼가 힘겹게 움직인다. 눈을 처음 보는 미스터 칸은 커다란 두 눈에 놀라움을 가득 담고 천천히 운전하고 있다. 우리 앞을 가던 폐품 수집 마차에서 말이 걸음을 멈추고 똥을 싸자 미스터 칸이 삽을 들고 차 밖으로 나가 똥을 긁어 비닐봉지에 넣는다.

뭐하세요? 내가 묻는다.

미시즈 칸에게 줄 거야, 그가 말한다. 루바브에 이걸 자주 뿌려주거든.

정말요? 내가 말한다. 우린 루바브에 커스터드를 뿌리는데.*

오, 이런 웃기고 재밌는 이상한 녀석, 하면서 그가 차를 이 가게 밖에 세운다. 나의 새로운 삶이 기다리는 그곳에. 메이블이 거기에 있고 그녀는 늙었는데, 돌이켜 생각하면 늙은 게 아니다. 외롭고 두렵던 나는 메이블 뒤에 있는 엘리스를 보고 마음이 달라진다. 기병대. 그때 이런 생각을 했던 기억이 난다, 넌 내 친구가 될 거야. 내 가장 좋은 친구.

차문이 열리고 나서 미스터 칸이 한 말도 기억난다. 돌아온 탕아 한 명, 그리고 책이 가득 든 여행가방 두 개입니다. 그리고 내가 눈밭으로 걸어나갔다. 나중에 엘리스가 물었다, 그 안에 정말로 책이 가득해?

엘리스라면 당연히 그랬겠지, 애니가 웃음을 터트린다. 그래서

---

* 루바브는 영국에서 파이의 재료로 많이 쓰이는 채소로, 미스터 칸은 루바브를 경작할 때 거름으로 말똥을 뿌린다는 의미로 이야기했으나, 마이클이 자신은 루바브 파이에 말똥이 아니라 커스터드를 올려 먹는다고 농담을 한 것이다.

뭐라고 대답했어?

가방 하나에만, 하고 대답했지.

처음으로 도라를 얼핏 본 것도 그날 밤이었다. 도라가 엘리스를 데리러 왔고 나는 내 방 창가에서 아래를 내려다보다 가게를 나서는 두 사람을 보았다. 나는 창문을 두드렸다. 도라가 차 옆에 잠깐 서서 위를 올려다보았다. 하얀 밤에 밝은 빨강 립스틱. 그녀가 미소를 지으며 내게 양팔을 흔들었다.

우리는 차량 통행이 뜸해지기를 기다렸다가 도로 건너편으로 달려간다.

준비됐어? 애니가 묻는다.

아니, 별로 안 됐어, 내가 말한다.

에이, 왜 그래, 그녀가 말하고, 우리는 손을 잡고 사우스필드를 따라 걸어간다.

날이 깜짝 놀랄 정도로 훈훈하고, 나는 당장은 행복하다. 가슴 벅차도록 행복하다. 힐탑 로드 모퉁이를 돌아나가기 직전에 걸음을 멈추었을 때 그녀가 나와 떨어져 다른 방향으로 가버린다.

어디 가는 거야? 나는 묻는다.

너희 둘에게 시간을 주려고.

애니?

그녀는 돌아서지 않는다. 한쪽 팔을 올리고 계속 걸어간다. 나는 혼자다. 나와 그 세월. 차고 앞에서 일하고 있는 사람의 형체로 이끌리는 나의 시선.

거의 변하지 않았구나, 나는 생각한다. 팔 위로 걷어올린 소매, 똑같이 헝클어진 머리칼, 앞에 둔 딜레마—그게 부엌 선반에 관한 것이든 사랑에 관한 것이든—와 씨름하며 똑같이 찡그린 눈썹. 동무삼아 틀어놓은 라디오. 작업대 위에 널빤지 한 장을 놓는다. 귀 뒤에 꽂아둔 연필로 손을 올린 뒤 치수를 재고—한 번, 두 번—톱질을 시작한다. 사선 절단용 톱이 윙 돌아가며 공기 중에 퍼지는 소리. 튀어오르는 톱밥. 그리고 적막.

도로를 건너기 시작하는 내 발소리가 요란하다. 이제 그가 고개를 든다. 눈을 가늘게 뜬다. 그는 손으로 눈 위를 가리고, 자동차들의 앞유리에 반사된 가을 햇빛이 번쩍거린다. 그가 활짝 웃는다. 널빤지를 내려놓고 천천히, 내게로 걸어온다. 우리는 중간에서 만난다.

보고 싶었어, 그가 말한다.

내 가슴속에서 탈진한 제비가 땅으로 살며시 떨어지는 소리가 난다.

엘리스

1996년 6월, 프랑스

그는 이층의 조용한 방 창가에 서서 스케치를 하고 있다. 팔다리는 갈색으로 고르게 탔고 얼굴에는 턱수염이 막 자라기 시작했다. 이마의 깊은 주름은 옅어졌으며 머리칼은 평소보다 더 길다. 여기 온 지 벌써 엿새, 그는 날마다 왜 이제야 왔나 자문한다. 끈 슬리퍼를 신고 중고 카키 반바지와 언젠가 뉴욕에서 산 연파랑 티셔츠를 입고 있다. 칼라가 해졌다.

창문은 열려 있고 매미와 제비 소리, 그리고 이따금 아래편 오솔길을 지나는 발소리가 들린다. 농가 뒤편 농장 구역 너머에서는 맹렬한 열기에 공기가 구불구불 어룽진다. 하늘빛을 보니 추억이 밀려들지만, 이제는 그 추억이 고통스럽지 않다.

그는 손목시계를 본다. 시간이 되었다. 스케치북을 내려놓고 방을 나선다.

마당에는 인적이 없다. 아침식사를 했던 테이블은 깔끔하게 치워져 있고 작은 분수에서는 물이 화강암 수조로 요란하게 뚝뚝 떨어진다. 그는 올리브나무 그늘에 앉아 기다린다.

자갈밭을 구르는 자동차 타이어 소리에 이어 문이 쾅 닫히는 소리가 난다. 머리가 센 자그만 남자—예순쯤?—가 미소 띤 얼굴로 손을 내밀며 다가온다.

므슈 저드, 그가 말한다. 늦어서 죄송합니다……

엘리스는 일어서서 손을 맞잡고 악수한다. 므슈 크리용? 만나주셔서 감사합니다.

아니, 아닙니다, 그가 말한다. 친구분 일은 유감입니다. 므슈 트리스트는 당연히 기억하지요. 제가 여기에서 맞은 첫 여름에 오신 분이죠. 들어오세요.

엘리스는 그의 시원한 사무실로 따라 들어간다. 므슈 크리용이 서랍을 열며 말한다, 헛간은 이제 숙소가 아니에요. 하지만 이미 아시죠, 네?

네, 물론이죠. 알겠어요, 엘리스가 말한다.

므슈 크리용이 책상에서 고개를 든다. 여기요, 그가 말한다. 열쇠들입니다. 이건 대문 열쇠예요. 다른 것들은……한번 다 끼워보세요.

엘리스는 뜰을 가로질러 거대하고 짙푸른 사이프러스들을 향해

234

걸어간다. 나무문에 끼운 열쇠가 수월하게 돌아가고, 그는 언젠가 마이클이 그랬듯이 덤불이 자라는 풀밭을 뚫고 다섯 채의 석조 헛간과 그 뒤에 펼쳐진 해바라기 들판을 향해 나아간다. 마이클의 외로움을 생각하고, 또 자신의 외로움을 생각한다. 그리고 자신의 외로움은 어쩌면 이제 감당할 수 있을 거라고 생각한다.

왼쪽 헛간에 걸린 '미스트랄'이라는 간판이 겨우 눈에 띄고, 열쇠를 세 개쯤 끼워보고 나서야 맞는 열쇠를 찾는다. 그는 문을 세게 민다. 햇빛이 먼지와 어둠을 비스듬하게 가른다. 바닥에서 도마뱀이 황급히 달아난다.

왔구나, 너. 올 줄 알았어.

열아홉. 가장 좋아하던 줄무늬 브레턴 셔츠를 입은 그가 물과 복숭아를 들고 있다. 저기 바깥을 내다봐, 엘.

엘리스는 덧창 쪽으로 간다. 덧창을 열자 해바라기가 창틀을 가득 채우고, 노란 아름다움의 세상이 시선이 가닿는 가장 멀리까지 펼쳐져 있다. 그는 담배에 불을 붙이고 창문 아래 선반에 기댄다. 제비들이 날개에 열기를 담고 날아오른다.

네가 아프다는 건 알고 있었니, 그는 생각한다. 언제 알았어?

매미의 노랫소리가 그칠 줄 모르고 계속 울려댄다.

난 네 곁을 절대로 떠나지 않았을 거야.

그는 금빛 들판 한가운데로 걸어나가 태양을 바라보며 생각한다, 우린 함께한 시간이 많아. 다른 많은 이들이 경험하는 것보다 훨씬 많은 시간을 함께했어.

그는 괜찮아진 느낌이 든다. 앞으로도 괜찮으리라는 것을 안다. 그리고 그거면 됐다.

앞쪽 침실, 책더미 사이에 세워놓은 컬러사진 속에는 세 사람이 있다. 여자 하나와 남자 둘. 틀을 꽉 채운 사진 속 인물들은 서로에게 팔을 두른 모습이고, 등뒤의 세상은 초점이 흐릿하며 양옆은 잘려나갔다. 그들은 행복해 보인다, 정말로 그렇다. 단지 웃고 있어서가 아니라 그들의 눈에 비치는 어떤 것, 편안함, 즐거움, 세 사람이 공유하는 무엇 때문이다. 봄이나 여름에 찍은 사진이라는 사실은 그들이 입은 옷(티셔츠, 연한 색깔 같은 것들)을 보면, 그리고 당연히 빛을 보면 알 수 있다.

사진 속 장소는 화려한 곳도, 휴가지나 일생에 단 한 번 갈 수 있는 곳도 아니었다. 사진이 찍힌 곳은 엘리스와 애니의 집 뒤뜰이었다. 사진사는 진짜 사진사가 아니라 목재 상인이었다. 그는 참나무 마루판을 막 배달하고 난 참이었는데, 엘리스는 그 마루판을 뒷방에 깔 계획이었으나 결국에는 실행에 옮기지 못했다. 상인이 뒤뜰로 들어갔을 때, 그곳에서는 음악이 흘렀고 세 사람은 풀밭에 깐 담요 위에 드러누워 있었다. 그들 중 카메라를 가지고 있던 여자, 애니가 그에게 부탁했다. 찍어주실래요? 상인은 카메라를 받았고 제대로 찍고 싶었기 때문에 한참 시간을 끌었다. 그들이 아주 행복해 보인다고 생각했고, 가족일 거라고 생각했으며, 그것이 사진에 드러나기를 바랐다. 1991년 6월의 덥고 화창했던 그날 초저녁에 중요한 것은 오직 그들뿐이었다. 그리고 그들을 만난 그 짧은 순간에 목재 상인은 이 작은 무리를 한데 모으는 사람은 그 여자, 애니가 아니라 헝클어진 검은 머리의 남자라는 것을 깨달았다. 다른 두 사람이 그를 바라보는 눈길에 무언가가 담겨 있었고, 바로 그래서 그가 가운데 서서 양팔로 두 사람을 꽉 감싸고 있었던 것이다. 절대 그들을 놓아주지 않겠다는 듯이.

셔터가 찰칵 닫혔다. 목재 상인은 그들을 잘 포착했다는 것을 알았고, 알았기 때문에 만약을 대비해 한 장을 더 찍지도 않았다. 때로는 딱 한 장이면 충분하니까.

나중에 봐, 그 남자가 다른 두 사람에게 말했다. 이번엔 또 뭘 볼 거야? 그가 물었다.

월트 휘트먼 강연, 애니가 말했다. 지금이라도 같이 가도 돼.

아니, 그가 말했다. 내 취향 아니야.

사랑해, 그들이 말했다.

목재 상인은 흡족한 마음으로 밴에 돌아갔다. 그는 이때 만난 사람들이나 자기가 찍은 사진에 대해서 누구에게도 말하지 않았다. 왜 그래야 하나? 그것은 시간 속의 한순간일 뿐이었다. 모르는 이들과 함께 나눈 한순간.

틴더 프레스의 모든 분께 이 책에 성심을 쏟아주셔서 감사하다는 말씀을 드리고 싶습니다. 특히 제 편집자 리아 우드번과, 비키 파머, 바버라 로넌, 케이티 브라운, 에이미 퍼킨스, 예티 램브렉스에게 감사드립니다.

크리스토퍼 리오펠과 내셔널갤러리에 감사드립니다. 너그러이 도움을 주신 카울리 자동차 공장과 영국국립도서관에도 감사드립니다. 1980년대의 세인트바살러뮤스병원 이야기를 함께 나눠주신 팸 히브스께도 감사드립니다.

저를 계속 웃게 해준 친구들, 감사합니다.

엄마, 시, 그리고 샤, 감사합니다.

십 년 전에 이 책에 믿음을 품어주고 지금까지 이 믿을 수 없는 여정을 함께해준 제 저작권 대리인 로버트 캐스키, 감사합니다.

퍼트리샤 니븐, 항상 감사합니다.

옮긴이 **민은영**

고려대학교 영어교육과를 졸업하고 이화여자대학교 통역번역대학원에서 석사학위를
받았다. 현재 전문 번역가로 활동중이며 『여우 8』 『미국식 결혼』 『사랑의 역사』 『어두운
숲』 『거지 소녀』 『곰』 『프라이데이 블랙』 『아일린』 『내 휴식과 이완의 해』 『그녀 손안의
죽음』 『마블러스 웨이즈의 일 년』 『안데르센 교수의 밤』 『에논』 『친구 사이』 『불륜』 『존
치버의 편지』 『어떤 날들』 『그의 옛 연인』 『여름의 끝』 『칠드런 액트』 등을 우리말로 옮
겼다.

문학동네 세계문학

너의 겨울, 우리의 여름

초판 인쇄 2021년 7월 29일 | 초판 발행 2021년 8월 9일

지은이 세라 윈먼 | 옮긴이 민은영

기획 이현자 | 책임편집 이봄이랑 | 편집 윤정민 이희연 오동규
디자인 김마리 이원경 | 저작권 김지영 이영은
마케팅 정민호 정진아 김혜연 정유선
홍보 김희숙 함유지 김현지 이소정 이미희 박지원
제작 강신은 김동욱 임현식 | 제작처 영신사

펴낸곳 (주)문학동네 | 펴낸이 염현숙
출판등록 1993년 10월 22일 제406-2003-000045호
주소 10881 경기도 파주시 회동길 210
전자우편 editor@munhak.com | 대표전화 031) 955-8888 | 팩스 031) 955-8855
문의전화 031) 955-8896(마케팅) 031) 955-1929(편집)
문학동네카페 http://cafe.naver.com/mhdn | 트위터 @munhakdongne
북클럽문학동네 http://bookclubmunhak.com

ISBN 978-89-546-8112-4 03840

www.munhak.com